人間的

Shigehiko Toyama

外山滋比古

芸術新聞社

人間的

もくじ

装幀…矢野徳子＋島津デザイン事務所

絵…大久保友博

I

人間距離の美学――近きをつつしむ

その昔、小学一年生が道草をくいながらみんなで下校していた。タケシがみんなにきいた。

「なー、スケガワ先生、ションベンするかな?」

みんな虚《きょ》をつかれたみたいな顔をした。ミツオが自信なさそうに、

「ションベンしなけりゃ、苦しい。死んじゃうじゃないか」

ほかのものは、そんなことはわからないが、なんとなく、先生には、ションベンなんかしてもらいたくない。ノブオが吐き出すように言う。

「先生がそんなヘンなことするもんかヨ。オレタチとは違うぞ」

これでほかのものも、満足したようで、みんないい気分だった。

後年、中曽根康弘元首相が自伝風の文章の中で、似たことを書いているのを読んだ。

中曽根少年はある女性の先生を尊敬していて、あるとき、友だちと、その先生がトイレへ行くかどうかの議論をした。中曽根少年は、そんなことをするはずがないと言い張ったが、ほかのこどもを承服させられなかった。

中曽根少年は、放課後、職員手洗いの見えるところに陣取って、先生があらわれるかどうかを見張った。気の毒なことに、その先生はトイレに入ったのである。少年の幻滅は大きかったらしい。

かつては、こういうこどもが、どこにもいたのだろう。先生がトイレへ行かないなどと考えるのは笑うべき無知だと言ってはならない。こどもたちはそれで満足だったのである。神さまではないが、先生は普通の人間よりずっと高貴であるように思い込んでいた。神々《こうごう》しいと感じていたこどももあったはずである。すくなくともうちの親たちよりずっとえらい、と思っている。ひとつには、家庭でも先生を尊敬していたのである。

畑仕事から帰るお百姓は、向こうから先生がやってくると、細い農道の脇に寄って道をゆずり、すれちがいに「ごくろうさんです」などとあいさつする。こどもが学校へ行っていないうちの大人でも、そうしたものである。

そのころの学校の先生は教え甲斐があったにちがいない。こどもばかりか親からもえらいと思われれば、先生としても、恥ずかしくない修養をしなければならなかっただろう。教師は聖職だと自他ともに考えて幸福であったと思われる。

戦後になって、その反動で、教師を労働者とするのが新しい思想のようになった。先生の方も、権威などをもっているのはとんでもないこと、こどもと共に学び、遊ぶのがよいと錯覚した。人びとは、「三尺下がって師の影をふまず」を封建思想と一蹴《いっしゅう》し、教師は労働者になり下がった。先生にとって不幸なばかりでなく、こどもにとっても、たいへんな不幸であった。こわい先生のなんとも言えない、あたたかさを知ることが難しくなった。

〝話せる先生〟は評判がよいが、〝話せる先生〟ではロクな教育ができない。話せる先生は生徒との車間距離が小さすぎる。車間距離をとらないで走るクルマは事故をおこしやすいが、近すぎる先生に教わるこどもは力を出すことができない。出すとトラブルになるおそれがある。〝三尺下がって師の影をふまず〟とは、こうしてみると、大した洞察である。

この〝三尺〟のへだたりを、年齢に翻訳すると、二十年以上、三十年以内が適当となる。小学生を教える教師の適齢は三十歳から三十五歳くらい。中学だったら、三ー五歳から四十歳くらいがちょうどよい。それより若くては近すぎるし、それより年をとっていれば、遠すぎる。教師の花のいのちも短い。

実際、すぐれた先生は、これより年齢差が開いていても、離れすぎないよう、年をとらないよう心がける。そうして教師寿命をのばす。問題は、若すぎる教師である。ありあまるエネルギーをこどもにぶつけて得意になるが、考え違いである。急に年をとるわけにはいかないが、若さをかくすことは可能である。

地味で、端正な服装をする。若ものことばでなく、正しい、美しいことばを使う。やたらとこどもとなれ親しむことを避けて、先生も勉強するのである。こどもに、先生はどんな勉強をしているのかと考えさせることができたら、先生と生徒の車間距離は適正である。お医者だって、若すぎると頼りない。

若い教師は、勤め先の学校の近くに下宿して、朝寝ができると喜んでいるのがいるが愚かである。朝、どこからともなくやって来て、夕方はどこへともなく消える。そういう先生はえらく思える。考えの足りない若い教師などが、教えているこどもを休みにうちへ遊びに来させることがある。教師として、あるまじきこと。教師はもっとストイックでなくてはならない。

昔から、出藍《しゅつらん》の誉《はま》れ、ということばがある。先生よりえらくなる弟子のことだが、こういう師弟の年齢差も、さきの二十年以上、三十年以内であることが多い。若すぎる教師、老いた教師は本当にすぐれた弟子を育てられないようである。

✣

人間、親子ほど緊密なものはないように思われるが、天の配剤によるものか、年齢が離れている。きょうだいのような親子は存在しない。このごろ晩婚が多くなったこともあり親子の年齢差は大きくなっているが、二十五年から四十年くらいの差であることが多い。教師と生徒の年齢差と大差なしとしてよかろう。近すぎてはいけないのは同じである。

自然の摂理で適当な人間距離のあるのが親子であるが、困ったことがある。本能的な親の愛情である。このために、大事な距離がつぶされてしまうことがすくなくない。子を見る親の目はくもり、濁りがあって、かすむことが多い。可愛くて頼りないから、あるものが見えず、ないものをあるように思い込む。

わが子がとんでもないことをしでかしたとき、多くの親が、

「うちの子に限って、絶対にそんなことをするはずがありません。悪い仲間にそそのかされたか、その身代わりになっているにきまっていいます……」

などというのである。自分の子は、近すぎてはっきり見えない。よその子のことはよくわかるのに、わが子のことになると、まるでバカになる。親がバカではりっぱな子の育つわけがない。

それを悟るのは賢い親である。この世に賢い親は暁天《ぎょうてん》の星よりもすくない。それでこどもをダメにしてしまう。人間のかなしき宿命のひとつである。

昔の、権力や財力にめぐまれた親が、他人にわが子の養育を託することを考えた。目ざましい発見である。もちろん結果は良好。金持ちのドラ息子はそれでずいぶん減った。これを見倣うものが後を絶たず、生みの親ではない育ての親がひとつの文化になった。育ての親の方が生みの親より、こどもにとって良い教育のできることを歴史が証明した。王侯貴族が競って乳母、めのと、養育者をこしらえて、わが子の養育を委ねたのは、親の手抜きなどではなく、成功の実績にあやかろうとしたのである。

徳川幕府、三代将軍は乳母、春日局《かすがのつぼね》の養育によって名君になったと言われている。生みの母によって育てられたもの以上にりっぱに育てた春日局の名は不朽である。

学校教育も、乳母、ナースと同類のことをしている。生みの親よりもときに優れた育成ができるのも、育てるものと育てられるものの距離が大きいからにほかならない。

そこで思い合わされるのが、学校の先生である。

もちろん例外もすくなくないが、学校の先生自身のこどもは、しばしば成績不振である。学校では名教師、すぐれたこどもをどんどん育てる。それなら、自分の子はどんなにかうまく教えるだろうと考えるのは、知らない人である。育ての親と生みの親は違う、ということがわからないと、よその子はりっぱに教えられるが、わが子でしくじるということを繰り返すしかない。近くにいる人間、どうもあまり賢明でないようである。

昔の人が、「可愛い子には旅をさせよ」と言ったのは、いま風の観光旅行を奨励したのではない。育ての親を遠くに求めよというのである。

かつての父親は、こわい存在であった。地震、かみなり、火事、おやじ、と言ったくらいである。こわい親は子との人間距離も小さくない。生みの親でありながら育ての親にまけないへだたりができる。戦後、人心弛緩、話せる、やさしい父親になりたがる弊風《へいふう》が広まって、家庭教育は大きく力を失った。

夫婦の間も、親子とは違っているけれども、やはりきわめて親密である。愛情によって結ばれているつもりでいる夫婦が多いけれども、世間体にしばられて、心はバラバラなのに、共同生活をしていることがすくなくない。近ごろは、子育てを終えた妻から離婚を申し立てられるケースが多くなった。夫婦の距離が小さすぎるのである。

いまの夫婦ははじめから危ない橋をわたっている。近すぎる。恋愛結婚なら相思相愛、一心同体であるのは当然であるが、近すぎると、すぐハナにつく、という悪いくせが人間にはある。ホルモンの作用でしばらくは、ものがよく見えなくなっていたのが、時とともに正気にかえる。うるさい、うっとうしい、そういう気持ちがはたらくようになれば、共生は歓びではなく苦しみが先に立つ。別れましょう、というのは正直である。男は建前とヤセ我慢の未練で、その覚悟がおくれるのである。

夫婦《めおと》ならむ　離れて寒く

砂利掘るは　　　　　田口宗吉

四十年前、この句にひどく感心したことを覚えている。作者はエッセイスト木村治美さんの厳父である。離れて、寒く、がいい。こういう夫婦は破綻しようがないだろう。

そんなことを考えると、見合い結婚というのが、実は、たいへん賢明なことであるのに思いいたる。どこの馬の骨かわからないような相手と一度、見合いをしただけで結婚する。なんと乱暴な、と戦後の若い世代、ことに女性はあきれたけれども、夫婦は離れていくらか寒くあるのが円満のカギであることをわかれば、見合い結婚はきわめて理性的であることがわかる。

✣

かつて、イギリスの週刊誌『サンデー・タイムズ』で、おもしろい論争があった。毎号、書評エッセイを書いている小説家が、このごろ小説本に作者の顔写真がのるけれど、むしろ邪魔ではないかと疑問を投げかけたのである。それに対して、読者からの賛否の投稿が相ついで、にぎやかな議論になった。

著者が身近に感じられてよいという意見に対して、文字から得られる微妙な印象が映像によって破れる、写真はない方がよいという強い主張とが入りみだれた。全体の印象は、写真は作者を近づけすぎる、遠くにいる感じが大切だという考えが際立《きわだ》っていた。その後、小説家の顔写真は一般になったけれども、はじめはそれに対する抵抗が大きかったのが注目される。作者は遠くにいてほしい。なまじ近づいたりしては幻滅であるという心理を浮き彫りにした。

顔写真はない方がよいという意見の背後には、古くからあることわざ「名著を読んだら著者に会うな」があるように思われる。忙しい著者をさわがせてはいけない、というのではない。会えばせっかくの感銘が濁される。幻滅とまではいかなくとも、読んだイメージと調和しない感じを受けるのは賢明でない、というのである。

有名作家が講演をする。出版社はそれで本を売りたいのかもしれないが、やはりすこし勘違いしている。作者の顔が見たいというのは、いわば、幼い読者である。深読みのできる読者は、自分のつくっているイメージを本人によって崩されるのをおそれる。

「従僕に英雄はない」はヨーロッパのことわざで、近接の危うさを突いている。

アーサー・ウェイリーは『源氏物語』を英訳して、これを世界の古典にした人である。日本がその功に報いようと、国賓に準ずる扱いで招聘《しょうへい》をしようとした。ところが、ウェイリーは受けなかった。わたしの愛するのは千年昔、本の中の日本で、いま訪れれば、その美しい心象は消えるおそれがある。それではお互いに不幸、ありがたく拝辞する、というのであったらしい。さすが、人間というものを知っている。

ふるさとはなつかしい。そう言って毎年のように故郷を訪れる人はどれくらいいるかわからない。行ってみれば、なつかしさは消える。そして幻滅を覚える。裏切られたと思うだろう。そう思わないのは、鈍いのか、自己をいつわっているのである。

室生犀星《むろうさいせい》の

ふるさとは遠きにありて思ふもの
そして悲しくうたふもの

にしても、考えてみれば、当り前のことを、当り前にのべたにすぎない。ふるさとは、離れているからふるさとであって、のこのこ帰ったりすればふるさとではなくなる。

遠山は遠くかすんで青く光っている。美しさにひかれて近くへ行けば、似ても似つかない姿である。いまさら青山はいずくにありや、などと言ってみても始まらない。

遠くより眺むればこそ白妙の
富士も富士なり筑波嶺《つくばね》もまた

君子は近接をつつしむ。近づきたいという気持ちを抑えるところに美が芽生える。えらそうなことを言っている人でも、隣人とうまくつき合うのはなかなか骨である。遠くの親戚より近くの隣人、などとも言うが、隣人と仲よくするのは難しい。同じように、遠くの国とは友好的になれても、隣国とはトラブルがおこりやすい。論語に「朋《とも》あり遠方より来《きた》る、亦《また》たのしからずや」とある。近くの友は友でありにくい。

哲学者が言う。「近きものは近きものに影響を及ぼすことはできない」。遠くのものを動かすことはできないが、美しく、好ましく感じられる。距離には不思議な力がある。

生活のリズム

リズムというと音楽のことしか考えないのは頭が古い。体のリズムはいのちにかかわる。心臓は、生きているかぎり規則的に脈を打っている。脈拍はリズムで、速すぎても、おそすぎてもいけない。呼吸は息を吸ったり、吐いたりで、やはり一定の調子、リズムをもっている。

歩くのはそれほど規則的ではないが、一定の歩調がある。ゆるやかな歩調はアンダンテと呼ばれ、音楽でも用いられる。というか、歩調が音楽用語を借りているのか。日本人が何人かでいっしょに歩いているとき、歩調が合っていることはすくない。ガタピシしている。ということは、お互いの気持ちがちぐはぐであることを暗示していて、みっともない——そう考える人がすくないからであろう、ドタバタ歩きが普通である。

学校の体育でも、そのくらいのことは教えてもらいたい。外国のまねをして靴をはいたのはいいが、歩き方や歩調については、なにも教わらないから、こんなことになる。どこの国でも、軍隊が行進するとき、一糸乱れぬ歩調をとる。

新劇の役者が舞台を歩くのを見て、外国人が、歩き方がなっていない、と言ったという話がある。人が並んで歩くときは歩調を合わせないといけない、ということすら知らないでも紳士淑女であることのできる国だ。難しいことを言ってもらっても当惑する。しかし、歩くにもリズムがあるということは有益な知識である。

脈拍、呼吸、歩調までは、生理的リズムである。そのほかに、生活的リズムがある。朝起きて、食事をする。仕事をして昼になったら食事。ひと休みして夕方まで働いて、食事。あとは寝る。大まかなパターンであるが、生命のリズムのように規則正しくない。各人の生活様式によってまちまち、さまざまになる。

かつてイギリスの詩人、ウィリアム・ブレイクは、

Think in the morning.　朝、考えよ
Act in the noon.　ひるは働き

Eat in the evening.　夕方食し
Sleep in the night.　夜は寝よ

という詩をのこした。この通りの生活をすれば詩人のリズムになる。

昔から、本を読む人が、眠った方がよい時間に読書、勉強した。「螢雪《けいせつ》の功《こう》」などというのは夜の勉強をたたえていることになる。健康に悪かったにちがいないが、知らぬが仏、夜学をありがたがった。

電灯が普及して、夜ふかし、宵《よい》っぱりの朝寝坊が、しゃれた生活のように錯覚され、文士などが夜おそくまで原稿を書いて得意になった。学生も、徹夜の勉強をしていい気になる。夜おそくまで仕事をすることがえらい、勤勉だとほめられるといつしか、夜型人間の羽振《はぶ》りがよくなって、朝ぼけの人間がふえる。そういう人にとって、生活のリズムなどあったものではない。

近代人がおしなべて、朝のうちハツラツとしていないのは、ひとつには、この生活のリズムの喪失とかかわりがあるように考えられる。ひねくれた見方をするなら、夜型人間は太陰暦のリズムで生きていることになる。一日は夕方、月の出るころから始まる。そして朝日の高くなるころに終わる。クリスマスが十二月二十四日の宵から始まって、翌、二十五日の昼には終わるのは太陰暦リズムの名残りである。お祭りで宵祭りをするのも同じ理由からだろう。

太陽暦の思想は、一日が朝から始まる。暦の上ではどこの国も、太陽暦によっている現代なのに、知識人を中心に太陰暦型生活が威張っているのは、考えてみると、なかなかおもしろい。

✣

いのちのリズムには休止ということがない。心臓が、ちょいと、ここらで、ひと休み、などと休止したらコトである。生まれる日から、いや、生まれる前からリズムを刻んで動きつづける。死ぬまで無休で、まことにご苦労なことである。

人間のすることは、そうはいかない。新聞や郵便は、むかしはきちんと毎日、配達してくれたが、いつとはなしに怠け出し、郵便は日曜休日の配達を休み、新聞は勝手に休刊日をこしらえる。酒のみが休肝日をつくって酒をやめるのに倣ったという俗説があるが、要するに休みたいのである。戦前、郵便には一日に何度も配達があったというのがウソのようだ。休みをとるのは働くものの権利である、というつもりらしい。

そこへいくと、電車や列車が年中無休で走っているのがいじらしく思われる。電気、水道、ガスが休んだら、生活が危うい。これらが、ライフ・ラインと呼ばれるのはたいへんよろしい。ライフ・ラインは心臓にまけずに動いてくれる。リズムはない。ぶっつづけで、その点、心臓や呼吸同様に不断不休である。

一週間に一日は仕事を休みたい、というのは他人のために働いている人間の考えである。自営の人はそんなことは考えない。農業などでは晴耕雨読と言ったが、定休日をつくろうなどとはしなかった。サラリーマンは働く喜びが足りない。働いても自分の得になるという実感が乏しいから、できれば休みたいと考える。

天地創造の神話がある。天地を造りたもうた神も、七日目には休まれた。これに倣うのが分別である、と思ったかどうかわからないが、七日目を安息日（サバス）とした。ユダヤ教では土曜、キリスト教では日曜、イスラム教では金曜日をサバスとしたから、曜日の足並みは合わないが、仕事や旅行などはせず、祈りと安息にあてることにしたのはどこも同じだ。末世の人間は祈るより休息に熱心になるのは是非もない。

ヨーロッパの社会的リズムの柱である。

神道や仏教は、安息日などで仕事を休むことは考えなかった。農本社会だからであろうか。神社は年に一度か二度の祭礼、仏教はもうすこし度々の縁日などをつくって参詣の人を集めた。だいたいにおいて、あまり休息を重視していない。年中無休を暗に肯定している。

定期的に休むということをしないところではカレンダーという一覧、曜日表は必要がない。戦前、一般の家庭でカレンダーのあったのは例外的である。その代わり、〝日めくり〟という、一枚一枚やぶいていく暦が柱などにぶらさがっていたものである。日めくりでは生活のリズム感は生じにくい。

カレンダーは一カ月が一覧できるから、七日ごとにリズムを感じるのに都合がよい。ところが、日月火水木金土となっているのと、月火水木金土日となっているのとあって、二通りのカレンダーがあるのを知らない日本人がすくなくない。いま企業などのつくるカレンダーは「日月火水木金土」式が多い。月火水……式は旧式だと思っている人すらある。

日月火型カレンダーの弱点は、週の始めから休んでいる、という点である。働く人はともかく企業としては、一週が休日で始まるのはあまりおもしろくない。できれば、仕事の始まる月曜を週の頭にもってきたい。アメリカあたりで考えそうなことで、日本でもさっそくまねした。もうひとつ、日月火型の不都合な点は、これだと、週末の日曜が週頭へ来て、ウィークエンド（週末）が分裂することである。日月型が一般的になれば、ウィークエンドという語を葬るほかはない。さてどうするか。世界はいま迷っているのだろうか。

中国では、一月一日、三月三日、五月五日、七月七日、九月九日、つまり陽の数字の重なる一日を、節句として祝ってきた。日本でも九月九日（重陽《ちょうよう》）をのぞいて、新年、雛《ひな》の節句、端午《たんご》の節句、七夕《たなばた》を祝う（九月九日は、九が苦《く》に通じるところから敬遠したのか？）。

戦前は、いまに比べて休みがすくなかった。学校が日曜以外、夏、冬、春の休暇を別にすると——一月一日、二月十一日（紀元節）、四月二十九日（天長節）、十月十七日（神嘗祭《かんなめさい》）、十一月三日（明治節）、十一月二十三日（新嘗祭《にいなめさい》）くらいであった。

戦後、民主主義になって、一般の好むところに合わせて政治が動くようになり、休日がふえ出した。休みをふやすのにはカネはいらないし、反対するものもいないから、ふえる一方で、へらしたためしがない。

とどめをさしたのが週休二日制。学校は五日制と言ったが、土日を休むこと、官庁、会社と異なるところがない。いい年をしたおっさんが、休みがふえた休みが多くなったと言って喜んだのは、いかにも幼稚である。休みがふえたら、生活様式の一部を変えないことには健康が危うい――それくらいのことは言われなくてもわかっているのに、実際、ほとんど考えられなかったのはお粗末というほかはない。しかし、それは大人のこと、週休二日制で健康を害しても自己責任で対処できる。

学校はそうはいかない。

学校は工場や事務所より長い歴史をもっている。サラリーマンや労働者がいなかったときから大学はあった。教育はまず大学から始まった。中世ヨーロッパである。小学校が生まれるのは五、六百年も後のことになる。いまの学校はそういう大昔の大学のヘソの緒をかすかに残している。ヨーロッパのまねをした日本の学校もいくらか名残りをとどめている。

大学、というより、大学で教えた知的エリートは概して怠けものであったらしく、やたらに休暇をつくった。安息日に休むのはもちろんだが、クリスマス、復活祭など理由がつけばどんどん休んだ。おまけに、長い長い夏休みを休んだ。心がけのいい教師は秋からの講義の準備をしたかもしれないが、普通はなにもしないで過ごしたであろうと想像される。

同じように休暇を過ごした学生が、大学へもどって、新しい学期にのぞむと心が沈む。暗黒の始業である。月曜から始まるから暗黒の月曜日（Black Monday）と怖れられた。それが、このことばのおこりである。

そんなこともよく知らない連中が、株式相場の暴落が月曜だったりすると、さっそくブラック・マンデーといって騒ぐ。

そういう大事件がおこらなくても、サラリーマンが、月曜気分（Monday blues）をかこつことになる。

月曜がつらいのは、日曜のせいである。前日、のんびり、あるいは、だらだら過ごしたからである。一週間刻んできたリズムが休日で途切れてしまう。走っている車は大してエネルギーを使わないが、いったん止まった車を始動させるにはたいへんな力を要する。月曜の仕事がおもしろくないわけである。

こどもは大人より正直だから、月曜気分はサラリーマンの月曜とは比べものになららない。勤めの人は、カネをもらえるが、こどもはなにもいいことがない。いやだなあ――、そう思っていると、マカフシギ、腹がいたくなってくる。休めという合図だと、欠席をきめる。そうすると、火曜の朝はいっそうユウウツになる。なんとか休む口実はないかと考えていると、胸がむかむかする。助かったとは思わないが、病人みたいにしていれば、叱られる心配もない。それがきっかけで、不登校になったりする。

休みが週一日の時代でも、月曜の欠席が多かった。それが、二日つづけて休むようになったのだから、月曜は、毎週、ブラック・マンデーそのものになる。学校五日制になるとき、学校も家庭も、社会も、すこしはそういう心配をしておくべきだった。それを怠ったために、どれくらい教育が低下したかしれない。

大人に比べてこどもは順応性が高いから、リズムのできるのも早い。月曜、いくらか重い気持ちで学校へ行っても、火曜になれば調子が出る。水、木、金といよいよ快調である。そこで大休止となって、せっかくできていたリズムはパッタリ切れる。すると疲れも出る。二日の休み、どうしたらいいのか。教師も親もまったくわかっていない。〝のびのび遊ばせればいい〟などと間抜けたことを言って、責任を回避した。リズムの大切さを知らないのだ。

不用意な大休止は、頓挫に似たり、である。へたに休むのは悪魔に乗ぜられているのである。サラリーマン中心の社会は、それがわからぬくらい愚かになっている。

昔の奉公人は年中無休が建前である。盆、暮れに骨休みがあったが、あとは毎日、同じリズムで働いていたが、勤めがつらくてやめるのは限られていた。いまのサラリーマンはそういう昔の働き方をいかにも非人間的であるように考えるけれども、実は、きわめて合理的であったのである。

仕事はつらく休みはたのしい、という常識も幼稚である。つらい仕事がなくては、休みはそもそも存在してはいけないのである。ひと休みはいい。一日まるまる休むなどというのは自然の理にも反する。

学校は時間割をつくっている。算数、国語、社会、体育、昼休み、音楽、理科など、教科の配列はほぼでたらめだが、間に十分くらいの休み時間がある。これが、リズムをつくるのに大切である。ぶっつづけに授業すると学習効率は悪くなる。休み時間をはさんだ時間割をつくったのはたいへんな知恵であったと思われるが、ほかの時間はまるで野放しである。

現代は多忙である。多忙だと思っている人が多い。しかし、たいへん多忙な人が、忙中の閑《かん》をたのしみ、会合などに遅刻することもない。忙しい人ほどヒマがあるというが、リズムのある生き方をすれば、多忙で死ぬことはない。乱調の生活では、すこし仕事が多くなると生きるリズムを崩して健康を害する。リズムを考えると、一日休みというのが危険である。

日曜には仕事と関係のないことに没頭するのは知恵である。イギリスの大宰相チャーチルは日曜に絵筆をとり、日曜画家の称号を贈られた。日本でも地方銀行の頭取であった川喜田《かわきた》半泥子《はんでいし》は、ひまを見つけて、焼きもの作りに打ち込み、陶工顔負けの名作をのこした。忙しくてなにもできないなどという弱虫はすこし見倣った方がいい。

季節の移りかわりなど、おのずから生ずるリズムもあるが、人間にはもっときめこまかな生活のリズムがないといけない。それには計画を立てる必要がある。

日本人はおそらく世界でもっとも日記をつけるのが好きな国民であろう。平安期の昔から日記の名のついた本があった。いまも日記をつけて得意になっている人はすくなくないが、日記はそれほど、ありがたいものではないかもしれない。

日記をつける時間があったら、一日の予定と計画を、あらかじめ立てる習慣が重要である。このごろようやく生活習慣の重要性が認められつつあるが、りっぱな日々の予定、計画は、自分なりのリズムをつくる上で、この上なく重要であるように思われる。それで忙しさは、ほぼ解消、ハツラツとした生活のリズムがおのずから生まれる。

生活のリズムにとって睡眠はきわめて大切である。リズム・メーカーであるからだ。

完璧

すこしばかりものを知ると、途方もないことを考えるようになる。昔の無学な人は、完全無欠などということばを知りもしなければ、思いもしなかった。それで充分に幸福であった。長い間、わけもわからず勉強と称する遊戯にふけっていると、正常な感覚をもつことができなくなって、アホらしいことをムキになって、したり、言ったりするようになる。教育の害である。よけいなことは知らぬが仏、という生き方が健康であるということである。

学校というところで、生活を停止して、知識という人造物ばかり、明けても暮れても、飲んだり食ったりすれば、おかしくなって当然である。そういうのが、少数であった間は社会的な疾病ではあっても、天下の大勢に響くようなことはすくない。

学歴がものを言うサラリーマンがふえると、就職のために、好むと好まざるとにかかわらず、進学しなくてはならなくなる。そして、ついには、同世代人口の半分以上が高等教育を受けるまでになった。知識過多ということも知らないで、本を読み、講義を受けていれば、知的メタボリック症候群にならない方が不思議である。この疾患を治療する医師もいないから、めいめい滅入って愚痴をかこつぐらいが関の山。人間力の低下は目をおおうばかりだが、見ようとする人もいないから、目をおおう必要もない。ノンキなものである。

学校は少数のもの知りと、大量の知識のあるバカを養成して、社会の負託にこたえている。学校のもっとも大きな社会的貢献は、潜在的失業者を引き受けていてくれることである。小学校中学校を出ただけで、すべての若い人が仕事をよこせ、などと叫んだら、それこそコトである。学校教育は社会の役に立たない、などと、えらそうに言うのが識者らしいが、それこそすこし勉強した方がいい。学校は何の役にも立たないけれども、しっかり社会のためになっているのである。

学校は試験ばかりする。試験しないと学力がわからない、という。試験くらいで本当の学力がわかるわけがない、などと考える頭のよい人間は教師などやっていない。教師と学生、生徒は仲よく点数の数字にとらわれる。

百点満点を目ざす。めったに満点をとることができないから、満点は理想化される。十何年も、試験を受け続けても、満点をとったことが一度もない、というのが大多数である。恨みの深き満点。それだけに満点願望は強い。試験で満点のとれなかったのは、ほかのものごとに完全主義をもちこむ。

清潔というのは不潔に対立する観念であるが、満点主義の崩れは、完全な清潔を信奉し、みずからも実践、努力するからかわいい。外出から帰ってきて、その日、手にした紙幣を消毒し、アイロンがけをしないと、夕食にならない潔癖家がいるという。細菌がおそろしいということだけを教わって、あるいは、知って、ムキになるところは浅薄である、と考える人が少数派になると、社会が活力を失うのは当然である。

不潔のよくないことを知らないものはない。清潔がよいことくらい、やはり、知らないものはない。知っていても適当に不潔になっていて、結構、健康に生きていかれるから人間よくしたものだ。不潔を目の敵《かたき》にして、完全な清潔を求めるのは、人間の分をこえることであるかもしれない。そう考える自由をもたない知識人間は問題である。完璧は、美術品に要求することはできても、人事に適用できない――というくらいがわからなくては、ホモ・サピエンスの名が泣くだろう。

アメリカの成金が、フランスからミロのヴィーナスのレプリカを買った。昔の話である。送られてきた像を見て、買い主が腹を立て、なくなっている腕を至急、送れと電報をうったという。ミロのヴィーナスを見たこともないのに買うというのもおかしい。この話、成金の無教養を嗤《わら》うためのフィクションだろう。しかし、片腕が欠けていてはいけない、という考えを批判することは容易ではない。ミロのヴィーナスは一部が破損していても美しいのではなく、一部破損しているからこそ、いっそう美しいと考えるのは満点主義よりすこし上等である。

芸術は、そういう感覚の上に立っていたから、昔から、形式的教育に批判的であった。ラフカディオ・ハーンが、画家にさせたかった息子を、美術学校へ入れたというので、ハーンともあろうものが、どうして？　と世の不評をかった。学校は、カタチを教えて、ココロに及ばないことがあまりにも多い。それゆえにココロで勝負するには、カタチには近づかない方がよろしい、というのである。現代はそれを吟味中である。

カタチには完璧ということがある。

ココロは完全ということはないが、惹《ひ》く力を生み出すことができる。ココロの方が、おくれてあらわれるが、カタチを凌駕する。

私は不惑の年を迎えて惑い、焼きものを作りたいと考えた。文科の学生であったし、教師である。ものを作るということからあまりにも離れてしまったのに、論文もどきのものを書いて、それがかすかながら、もの作りのように思っていたのを反省した。紙の上に文字を書いたって何も生まれない。出来るのは空虚な情報にしかすぎない。実感のある、皮膚感覚によって、ものを作りたいと考えた。こどものころから、空しく憧れていた焼きものを、やってみようと思ったのである。

先生についたら、「ロクロが使えるようになるのは十代にはじめた人、その年では……」と言われたが、かまわずロクロに入門、日に六、七時間は、ロクロ場から出てこなかった。二年もすると、曲がりなりにもカタチが出来かけるようになる。指先が土にふれている。作る実感は頭にも影響するらしい。あとから考えると、ものの見方、考え方が、焼きもの作りで、多少変化したようである。

まわりでロクロをまわしている人、手びねりでやっている人、みんな文科の学生、教師とは違ったリズムを発散しているが、どことなく血の通ったあたたか味がある。互いにライバルでもあるはずなのに、なぜか、同じ神を目ざす仲間、同志であるような気がする。

そういう人たちと徹夜で釜たきをして迎える清々しい朝は、それまで一度も経験したことのない風が吹いている。ちっぽけな、観念とか知識なんかいらない、とさえ考えたこともある。

ロクロに夢中になっていた間、手びねりのおもしろさがわからなかった。ロクロで成型したものは清々しい美しさをもっている。手びねりのぬくもりよりは、この方が完璧に近いという考えから自由になれなかった。

陶芸展などに並んでいるプロの作品は、すべてロクロのカタチから脱け出したものばかりだが、本当に美しいと思うものに出会ったことはなかった。自分で作ってみようという気を一度もおこすことなく、わが焼きもののまねごとは終わった。

その後、伊勢の津《つ》へ講演に行った。おみやげに、と言って、土地の銀行の頭取の作だという無銘の湯呑み茶碗をもらった。別になんとも思わずに、その川喜田半泥子《かわきたはんでいし》作の茶碗を日常に使い出した。とくに大切に扱うこともなく使っていたが、だんだん、美しく見えるようになったのにはおどろいた。すこし歪んだ形がやさしく呼びかけるような錯覚にとらわれるようになる。たまたま、半泥子が大家であることを知り、卓上からおろして、しまい込んだ。そして手びねりの不均斉なカタチの不思議な魅力に気づかされた。ロクロで作った完璧な器では、こういう異変はおこらないだろう。

一度もこころみることもなく、焼きもの作りから離れてしまったことが改めて口惜しく思い返される。しかし完全なものより、崩れたカタチの方が美しいということを教わったのは幸福である。

こどものころ、女優みたいな美人の顔にホクロがある、取ればいいのにと思っていると、あれはワザワザつけたのだときいて、ひどく不思議だった。どうしてせっかくの美貌に汚点をつけたがるのか。こどもにはわからぬ人間の心理である。完璧な美しさはどこか冷たく、無機的でありうる。それを嫌えば、ワザと欠点をそえるのが化粧になるのである。

外国の上流婦人が、かつてはヴェールをかぶったものである。全貌をあますところなくさらすより、うっすら隠すことで、美しさが引き立つというのは、ひとつの発見である。隠すことが、かえって引き立てることになる。一〇〇パーセントはおもしろくない。ヴェールで八〇パーセントくらいに抑えると、一〇〇パーセント以上のものに見える。チンパンジーにはそういう知恵がないから、天真ランマン、太平楽である。

一〇〇パーセントでなくてはいやだという人間がふえると、つけボクロやヴェールは人気を失う。進化かもしれないが、チンパンジーに近接しているのか、にわかには決めがたい。

写真は真を写すものだから、対象をほぼ完全に再現する。よいところもよくないところも一様にあるがままを写し出す。ピントの合った美人写真は、どこか、現実感が乏しく人形のような冷たさをただよわせる。あえて、焦点を甘くし、ピンボケ写真のようなものを撮る技術を創《はじ》めたのは、やはり、発見である。昔から、〝夜目《よめ》、遠目《とおめ》、笠の内〟などと言ってきた日本人でないとできない発見である。

これも、近年の完璧主義の高まりのせいか、姿を消しているが、おもしろいことに、美女が多くなった。これなら、一〇〇パーセント表現しても心配ないだろう。しかし、八〇パーセント美人、七〇パーセント美人がなくなったわけではない。軟焦点ポートレートの出番がなくなっているわけではない。

写真術があらわれたのは十九世紀中ごろのことであるが、これによって〝壊滅的打撃〟を受けたのが画家である。主として肖像画を画《か》いて食っていた画家は生きる道を絶たれた。写真ならヒゲ一本一本が、パチッとシャッターを切れば写ってしまう。途方にくれた画家たちが、どのようにして活路を見出したか、伝えられるところはほとんどないが、叙事詩的興味をひく。

新技術に興奮している人たちに、写実と描写の根本的理念を探求するゆとりがなかったのを、後世が責める資格はない。いまだって、写真と絵画の違いをしっかり考えているカメラマンはすくないだろう。

写真は百点主義である。絵画は写実半分、創作半分、といったところで、点数で言えば七十五点くらいの写実である。七十五点が百点と競争できるわけがない、というのは、完璧主義にかぶれた思考である。写真も充分、美しいが、絵画には写真にはないおもしろさがある。不完全な美は完全な美よりもしばしば美しいのである。それだからこそ、人間はおもしろい。神の知らない美を創り出し、賞《め》でることができる。

写真のあとに〝動く〟写真、モーション・ピクチャー、活動写真があらわれ、一般の人たちの世界を一変させた。フィクションの世界が動くのだから、おどろくのが当り前で、人びとの世界観が崩れて、第二世界の存在を認める人たちがあらわれた。そして、完全な虚構をリアリティとして受け入れる。これが進歩かどうか、吟味するゆとりもなく人は新しい時代を歓迎した。

はじめは、サイレント、無声映画であった。音声のないのは大きな欠点であるが、弁士の口上によって観客は充分に満足した。発声映画、トーキーがあらわれて、より一歩写実に近づいたが、庶民は、しばらくは弁士のナレーションをなつかしんだものである。

さらに、カラー映画になった。きれいだと喜んだ大勢の中で、モノクロ、白黒映画の象徴性をなつかしむ声があった。百点に近づいた映画に対して、七十五点主義の人たちの正直な反応である。奥行きを表現する立体映画についても、満点主義者が、これでようやく写真になると喜ぶ一方、モノクロ映画の不完全な写実をなつかしむこともできる。欠けたところのあるものに神は宿る、という思想はしぶとくて、なかなか消えない。

学校教育の普及によって強調されるのが完全主義、百点満点主義である。難しいことはわからぬが、不潔はよろしくない。清潔でなくてはいけないと思う人が激増した。むやみと菌をおそれる。そして、勢いあまって、無菌を理想とするようにまでなる。

水道の水にはカルキがある。天然水、ミネラルウォーターにも雑菌がある。生水は絶対に口にしない。完全煮沸する。まずかろうと、そんなことは無視。一〇〇パーセント安全であると胸を張る。そのうち、水のうまさを忘れてしまう。

飲み水を煮沸するくらいでは完全無菌を達成することはできない。呼吸している空気中には雑菌がうようよしている。マスクくらいでどうなるものではない。室内を空気清浄機、酸素発生装置などで浄化しても、一歩、家から出れば有毒ガスがただよっている。酸素ボンベ同伴、というところまではいかないから、こうした人たちの完璧主義は穴だらけである。

清潔、清潔と言っていて、かからなくなる病気がある。だからといって、すべての病気から安全になれるというのは短慮である。清潔に凝っていると、不潔な生活ではかからない病気にやられるのは、人生の皮肉と言うべきである。

人からきいた話だから、どこまで本当かわからないが、ひどくおもしろいと思ったから忘れないでいる話がある。

アメリカで、一般家庭が石鹸を使い、手洗いをよくするようになったのは二十世紀に入ってからだったという。家庭の衛生状態は目に見えて改善された。それはめでたいけれども困ったこともおこった。それまで目立たなかった小児麻痺が急増したのである。

清潔でなかったころ育った子は、早々と各種の細菌に接触し、それをなんとか越えて、免疫性を獲得した。あとから有毒なものが入ってきても、抵抗力があって、発病に至らないケースがすくなくない。清潔な家庭では、幼児は免疫性獲得の機会がすくない。無抵抗力のまま大きくなっていくと、ポリオの菌などが侵入してくると、抵抗できなくて発病してしまうことになる。

不完全な清潔でもこうした害が発生する。もっと徹底した、完璧清潔主義が、どんなにおそろしい事態を招くか。完全に無菌にした無菌マウスは、免疫力がゼロだから、どんな弱い菌でも必ず発症する。それで実験用に役立つのである。

完璧、完全無欠は観念上のことである。実際的ではない現実は、七十五点主義くらいによるのが賢明である。

求む・フール

親は〝バカな子ほどかわいい〟という。しかし、なぜ賢い子より愚かな子の方が可愛いのか、などと考えるのは変わった人間である。

よくできる、いい子だって可愛くないことはないが、文字通りの愚息の可愛さには及ばないのだからおもしろい。愚かな子がかわいそうだから、可愛がると考えるのは見当はずれである。本当のところ、賢い子より愚かな子の方が愛するのに適している。というより、賢児より不肖の子の方が、本質的に可愛いと思うのが人情なのである。

もともと親の愛情は、こどもの賢愚にかかわりなく深切なのである。優秀な子は、可愛がってても素直にそれを受け入れないで、楯ついたり反対したりする。親の子を思う心は、優れた子が親を思う心よりはるかに大きいから、親は賢児にいつもすこし裏切られている思いをいだく。食ってかかるような子では、いくら頭がよくても、親としては可愛いと思うことが難しいことがあるだろう。

そこへいくとバカな子は決して親を批判したりしない。その力もないのである。親の愛情をそっくり受け入れてニコニコしている。親でなくとも、そういう子なら可愛いと思うだろう。親ならばひとしおである。純粋な愛情をそそぐことができる。〝バカな子ほど可愛い〟ことになる。そういうことは、親子の間には限らない。人はだれしも心を許して接することのできるバカを求めている。ただその願いが叶えられないところが浮世である。

実は、人はみなひそかに愚人を求めているのである。賢人、自分よりすぐれて、力の上の人と交わって、くつろぎ、心からたのしいと思う人がいたら、よほど人間ばなれした珍種と言ってよい。人はだれしも愚人と親しみ、心を許して仕合わせを覚えるらしい。

心ある人なら適当な愚人を求めて一生を過ごす。当然、愚人の人気はたいへん高く、引く手あまたであるが、正直に「そう」と認める人がすくないために、愚人の価値を認める人はすくない。が、愚人はいつも不足している。その気になって愚人と親しくなろうとしても、多くは不首尾に終わる。稀少価値をもって高値がついているのがバカである。バカにするのはとんでもない見当違いということになる。

その昔、ヨーロッパの王侯貴族は愚者の価値を知っていたが、おいそれと愚者は見つからない。賢者も多くないが愚者はもっとすくないのである。そこで王侯貴族はどうしたかというと、財力と権力にものをいわせて、愚者を召しかかえることを考えた。金を払って愚者になってもらうのであるから、プロの愚者というわけだ。そういうのを英語ではずばり「Fool」(バカ)と呼んだ。〝道化〟である。

シェイクスピアのいくつかの芝居にもこのフールが登場している。これらプロフェッショナル・フールは、根っからの愚者ではつとまらない。相当な知恵者が愚者を演ずるのである。なまじ賢者であるよりプロの愚者になる方がはるかに難しいが、孤独な権力者はそれによって鬱屈した精神を癒されるのである。何でも言える、そしていつも善意をもってきいてくれる、心を許せる人間としてプロのフールはかけがえのない存在である。フールは重用される。

わが国でも古くは、このプロの愚者がいて幇間《ほうかん》、太鼓もち、茶坊主などと呼ばれた。たいへん難しい仕事である。いい加減な人間ではうまくつとまらない。豊臣秀吉に仕えた千利休もすぐれたプロのフールであったが、愚者をうまく演じきれず賢者の本性をあらわしたばかりに悲劇を招いてしまった。

近代になると、プロのフールはどこの国においても衰えてきて、権力者の孤独は深まることになる。大企業のトップはさしずめ昔の貴族にあたるであろうが、プロのフールをかかえる力はない。その代わり秘書がいるが、うら若い秘書にすぐれた愚者を演ずることなどできるわけがない。こまごました仕事をこなすのがせいいっぱいで、そもそもセクレタリーというものがよくわかっていない。勉強も教養も、なかんずく経験が乏しい。

まわりの力のある幹部はほぼすべてライバルで、心を許せる相手ではない。賢いトップは賢いフールをそばにおくことを考えないといけない。適任がなければ、信頼できる、自分を支えてくれる相談役をつくるのも一法であるが、すぐれたフールになってくれる智者を得るのは、よほど好運にめぐまれないと難しい。

政治家も現代の権力者である。ひとりでは何もできないから、秘書を雇う。大物でなくとも何人もかかえる。中には国費で雇う公設秘書もある。しかし、こうした秘書が本当に支えてくれるのはなかなか難しい。社長秘書のようなことはないにしても、なお事務的なことが多い。プロのフールに徹する秘書にめぐまれた政治家は大成する確率が高いが、プロのフールを育てた人間力によると考えてよい。

　庶民は自分たちが食うのに忙しくて、愚者をかかえるなどと、思いもよらぬことである。金のかからぬ身近なところで間に合わせる。大事な妻に愚妻になってもらう。息子は愚息、娘は愚娘である。もちろんアマチュアのフール、しかもおしつけのフールであるからプロのフールのようなことは期待できないが、ぜいたくは言っていられない。そういう家族のおかげで、か弱い家長は生きる自信と、働く元気を出すことができるのである。

　教育が普及し、家族も高学歴化してくると、これら家族のアマチュア・フールは黙っていない。「愚妻なんて失礼しちゃう」「愚息などとバカにするな」「愚娘なんて、トンデモない」となって全員、フリーになってしまう。家長というものが、これとともに消滅することになった。フールの力に助けられなくなった主人はまことに弱い。

　生まれてくるこどもはひとり、孤独そのものである。まわりはすべて新しくきびしいから泣くことしかできない。しかし、親バカという存在があって、それに助けられてやがて笑うことができるようになる。才媛、賢女も生まれたばかりの子に対しては ひたむきな愛情をそそぎ、それとも知らず、かりそめのフール、親バカになる。自然の摂理といってもよい。

親バカをバカにしてはいけない。近年、親バカを嫌う親があらわれているようで、生まれてくる子にとってたいへんな脅威である。自然な親バカがなくなったのなら、こどものために、セミプロのバカ、保育者が必要である。こどもにはしかし、それを求める声が出ない。あわれというべし。

✣

人知が進んでくると、いよいよ愚者がすくなくなる。家族さえ拒否するのだから、やはりプロのフールをふやすしかないだろう。ただ、プロをかかえるのは、一般の人間にとって負担が大きすぎる。フールなしで生きるほかはないが、それはたいへんきびしい。現代の漠然とした〝不安〟の根も、案外、ここにあるのかもしれない。しかし、フールになってくれる人がいないからといって手をこまねいているのは知恵のない話である。なければつくる。工夫である。

ある元教師は大学を出てすぐ名門学校の教師になった。かなり張り切って赴任した。

というのも、学生のときアルバイトでひどい学校を教えて教師のおもしろさを知ったからである。そのボロ学校はあわれな状態にあった。終戦間もないころで、担当させられた中学三年のクラスは、入学以来、一度も英語の授業を受けたことがないのに三年生の教科書をもって神妙であった。教師は武者ぶるいして、二年の遅れをとりもどそうと呼びかけたら、生徒が喊声《かんせい》をあげた。師弟一丸となって猛勉強、三学期には約束通り遅れをとりもどしていた。このアルバイト教師は教育がおもしろいと知った。生徒がバカになって先生についてきて可愛かった。

ところが、正式の教師として赴任した名門校ではまるで様子が違った。優秀な生徒は新米教師の言うことなんか小バカにしている。同僚といってもみな年上の人ばかりで、なんとなく小さくなっていなくてはならない。アルバイトで教えた名もない学校の生徒がなつかしく思い出される。この教師は、六カ月もしないうちに退職を決意、一年後にはさっさと辞表を出した。

教師が燃えるには生徒はバカであってくれないといけない。エリートだと思っているような生徒と同僚の中では、力を出そうという意欲すらわかない。バカでなくても威張らない、ひそかに先生を敬ってくれる生徒のいるところで、教師はもっとも力以上のものを出すことができる。やはりバカの存在が貴重である。

この元教師はその名門中学を辞める前に、同じような悩みをかかえていた二人の同僚と語らって勉強会をはじめることにしていた。この元教師は英文学だが、他の二人は、それぞれ国文学と中国文学の専攻である。和漢洋三才の会する三人会という名までつくった。

日曜の朝、集まって、昼食をはさんで夕方まで、発表者の話を中心におしゃべりをするのだが、これが滅法おもしろい。それまでこれほど刺激的で、かつ興味津々の集まりはないと三人とも思った。めいめいその会の空気によって活力を得たようである。

どうして、あんなにおもしろかったのか、とふりかえって、元教師は三人が違うことを専門にしているからだということに気がついた。同じ専門のものが話し合っても、たいていは気疲れするばかり。心を躍らせる、などということとは無縁である。互いに競争意識が底流している。

それに引きかえさきの三人会では、話し手はお山の大将である。ほかのものはどちらも門外漢、おどろいたり、感心したりはしても、ライバル意識が出たり、批判的になるということはまったくない。つまりめいめいがバカになりうる。こういうバカでないバカがいれば、どんな会だっておもしろくならないわけがないのである。

ロータリー・クラブは支部単位で活動しているが、同じ支部には一業種ひとりしか入れない仕組になっている。これだと、各人はほかのメンバーはみな〝賢いバカ〟だと考えることができて、のびのび自分の力を発揮できる。会がおもしろくなるというわけである。

十八世紀のイギリス、目ざましい科学技術の発明を多く生み出したというので、歴史的に有名はルーナー・ソサエティ（月光会）もメンバーはそれぞれ異なる専門、仕事をもっていた。やはり相互にバカになってもらって、創造性を高めたと考えることができる。類をもって集うのではおもしろくない。違ったお山の大将たちが集まればおのずから活力が出る。

こうした話はいわば例外である。そんなに都合よくバカになってくれる人間はいない。しかたがない、動物に助けを求めることになるのが現実的である。ペットはいくら可愛がっても知らん顔をしているところが、代用フールとしてのとりえである。だまって愛される小動物によって心淋しい人間はどれくらい慰められるかわからない。

人間にはそのまねができなくて、何かというと気に食わないことを言う。そういう人間よりペットの方がどれほどすぐれているかしれない。いくらぜいたくしてもペット・フードくらい安いもの。ある人生の達人が、どうして、ひとをネコのように純粋に愛せないのかと悩んだという話があるが、なにも悩むことはない。へたな人間よりペットの方がうまくフールを演ずるからである。

ペットは人間の生き甲斐になる。バカにしてはいけないバカである。だれだって、うるさく小言を言ったり、叱りつけたりする家族よりペットの方がどれくらい可愛いかしれない。ペットを飼う人がふえたのは孤独な人が多くなったためであろう。ネコやイヌは人間ばなれしてはいるが、だんだんなついて反応を示すようになる。飼い主によってはそれが煩わしいかもしれない。完全にこちらを無視する動物の方がいっそのこと可愛いとなる。蛇をペットにする人はそれだけ心淋しく、したがってフールを強く求めているのだということになる。奇人などではない。よほど心やさしき人でないと、そういう非情のものを愛することができない。

やっぱりフールは人間でなくては、という人たちによって芸人が存在する。酒席の芸者なども、うまくフールを演ずることができれば大物である。英語など使って得意になる芸者があらわれて、芸者道は地に堕ちたといってよい。あくまでフールに徹すれば、世のため人のためになる。すたれたりするわけがない。

芸人も、もともとはフールとしての価値から生まれた職業である。太鼓もちだけでなく、踊ったり、芝居をして見せるのもフールの活動である。やはりフールはいつも不足しているから、芸人も稀少価値をもって社会的地位も高くなる。マスコミは、芸人などと呼ばず〝タレント〟と言っている。タレントとは才能というのが原義で、フールになるには才能が必要であることを暗示しておもしろいが、タレントの中に賢者ぶるのがあらわれているのは末世である。いかに巧みにフールを演ずるかによってタレントの価値は定まる。タレントがタレントぶってはおしまいである。

そういうわけで芸人、本当の芸人、フールをうまく演ずるタレントがいなくなると、しかたがないから、スポーツにフールの代用を求めるようになる。そういうスポーツの選手は当然、手当てをもらうから、プロ・スポーツというものが発達する。選手たちは自覚はなくとも、フールとしての社会的役割を有している。プロのスポーツがそれを忘れると危ない。選手がへたに威張りだせばフールとしては足を出すことになる。えらそうなことを言うプロ・スポーツより、威張らないパチンコをした方がずっと心やすまる。そんな中で「まいどバカバカしいおはなしで……」とやる落語家は、ひょっとすると現代最後のフールかもしれない。注目されるわけである。

といってもやはりいいフールがほしい。ありきたりにころがっているので我慢するのではなく、能ある人は自力でフールをこしらえる。フール・クラブ。名前はしゃれてミューチャル・アドミレーション会（お互いをホメ合う会）とする。

とにかく、仲よく、仲間をほめたたえ合う。歯の浮くようなほめことばでなく、多少、心をこめて互いによいところをほめ合う、めいめい、その心をもって集まれば、歓談風発、時を忘れる場ができる。ほうっておいても砂漠のオアシスのように人が集まる。といってあまりメンバーが多いと、思わぬマサツを生じやすいから、少数精鋭を厳選する必要がある。

ほかでは口にできないようなことでも、ここなら安心して打ち明けられ、発言できて、いのちの洗濯ができる。問題はメンバーをどうして集めるかである。同業、同じ専門の人はいけない。遠慮が出るからで、存分に思ったことをぶちまけられるには多彩多様のグループが必要で、それができればそれ自体、大きな仕事をしたことになる。

バカはまことに偉大である。しかし、見つけることがたいへん難しい。

Ⅱ

負の経験

ベルをならして玄関へ若い女性が幼な児をだいて、入ってきた。

「お宅の庭のみかん、とらせていただけませんか。この子にみかんをとる経験をさせてやりたくて……」

とっさに腹が立った。

「ウチでもとらずに眺めているみかんです。お断わりします」

女はだまって出て行った。ケチだと思っただろう。いやな年寄りだ、とおこったかもしれないが、断わってよかった。あの子にしても、わけもわからず、よそのものをとるというような経験をさせてもらっても少しも幸福ではない。こどもに経験させるのがよい、と教えた人がいるにちがいない。学校で聞きかじって、自分は新しい、進んだ親であるように思い込んでいる、のだとしたら、あの親子、もろともに気の毒である。

かりに、経験が大切だということを知っても、よそのものをとってまで経験をふやそうと考えるのは異常である。昔の教育のない親は、しゃれたことは知らなかったが、よそのみかんをとらせることが、こどものためになるなどとは考えなかった。教育が普及して人間が愚かになったのかもしれない。

別の話。あるとき、バスが河口湖の近くを走っていた。夏休みに入ったばかりで、観光客が多かった。前の席に、小学一年くらいの少年をつれた母親がいた。ある所で急に視界が開けて、夏の富士が大きくおおいかぶさるように見える。お母さんが、上ずった声で、

「ホラ、富士山ヨ」

と言ったが、こどもは意外に冷静、

「ちがう、富士山じゃない！」

と言いはなつ。母親はまわりの乗客の手前を気にしたのであろう。声をはげまして、

「富士山ですよ、いやな子ネ」

と言うのだが、少年は動ずることもないかのように、

「あんなの、ウソの富士山だーい」

と言ってきかない。お母さんが、さぞ困っただろうと、おもしろかった。

母親はわが子がはじめて見ると思っているのだが、実は、子はすでに富士山を知っていたのである。実物ははじめてだが、絵はがきや写真などで〝よく知っている〟のである。雪をいただく遠景の富士は青く輝いている。バスから見える、黒い巨大な塊りとはおよそ似ても似つかない麗峰である。目のあたりの山をそれと同じ名で呼ぶことはできない。

この場合、第二次的な知識がわざわいしたのである。何も知らずに、はじめて見れば認めるも、認めないもない。実景を受け入れる。なまじ余計な知識があるために、それが先入主になって、本当のことを受け入れられなくなった。しかしながら、こういう知識はない方がいいと一概に言えないところが知識社会の泣きどころである。

こどもだけではない。なまじ知識があると、色眼鏡をかけたように、見るものすべてが色に染って見える。赤い本を読んで赤い眼鏡をかけると、森羅万象、赤くないものはなくなり、柳も赤い、と断言してはばからなくなる。青い柳を見せられても「ウソの柳」だと言いつのる。小学生ではなく、れっきとした識者がそうだ。知識人といわれるが、その知識に色がついていることを考えない思想家がわんさといる。お粗末な知識社会が、恥ずかしいくらいである。

赤い本を読んで赤い色眼鏡をかけ、ミソもクソも赤いと言うのはいいが、白い心まで赤だと言いつのるのは滑稽である。

蚕《かいこ》が笑っている。人間てなんと単純なんだろう。すぐものにかぶれ、ものが見えなくなる。わたしらは、青い桑の葉をいやというほど食べるけれども、青い糸を吐くものはいない。純白の絹の糸を吐き出す。借りものでない糸で自分の世界、マユをつくり上げる。人間の学者、思想家はそれくらいのこともできないのに、威張っている。

人間のエリートで、顔を赤らめなくてはならないのがどのくらいいるかわからない。すこし蚕のクスリを飲んだらどうかと蚕は笑う。

日本の学生は、勉強と運動は両立しないという暗々の常識にとらわれている。勉強するなら、運動はできない。文武両道はことばの上のこと、実際は二者択一。学業の方が、社会的意義が高いとされているから、スポーツはやらない。頭のいい、というか偏差値の高い学生の集まる大学はほとんどスポーツはやらない。

ある名門女子大学のテニス部が不振をきわめている。昨春、新入部員が十名あったので愁眉《しゅうび》をひらいていると、秋口になって退部者が九名出て、残るは一人となり、部は存亡の危機に直面している。夏休み前の合宿でいやになったらしい。苦しい経験はごめんというわけだが、ひょっとすると、わが子のために、「みかんとらせて」とよその玄関をたたく親になるかもしれない。知識も経験も、うっかりしなくとも、人間に害を加えかねない。

✣

若いとき病気知らず、医者知らず、たたいても死なないような人が、思いもかけず早死をする。そうかと思うと、こどものとき病気の問屋、などと言われ、いくつまで生きるかと陰口をきかれたのが、案外、長生きする。世はさかさまである、などと言う人もあるが、それは違う。健康だった人は病気の経験が不足しているから病気への抵抗力が弱い。免疫性も低い。

健康すぎるほど健康な人は、たとえて言えば高速道路を走っているクルマのようなもの。ブレーキをかける必要もないから、のんきにぶっ飛ばす。一般道路へ入ってもそのつもりで走る。信号があっても無視、とんだ大事故になるという寸法である。

一方の弱虫は、はじめから信号のうるさい一般道を走るようなもの。走り出すとすぐ赤信号、走り出すとすぐまた信号である。フルスピードを出すこともできない代わり、大事故をおこすこともなく安全運転になって遠くまで行かれる。若いときの病気は人生のクスリであることがすくなくない。

こどものころ頭がよくて人から羨ましがられたのが、一生を通じてみると、案外、りっぱな仕事をすることがすくない。むしろかつての平凡な仲間以下のこともある。昔の人が、「十で神童、十五で才子、二十《はたち》すぎればただの人」と言ったのも、神童が恵まれすぎていて、大成に必要な困難、苦労をしない、それでいい気になっていると人間力が衰えて、凡々になる、というのであろう。天才も経験は積むけれど、負の経験、つまり困苦、挫折、不如意、失敗の経験が乏しい。マイナスの経験が欠けると、人間の才能、能力はうまく育たないようだ。

人間には成功経験と失敗経験がある。正の経験だけではなく、負の経験が必須である。うっかりして、負の経験はすくなければすくないほどよく、いっそなければ最高である、などと考える向きが多いのである。負の経験が豊かでないと、大きな正の経験を招きよせることができないという逆説がわからないために、人間はどれくらい損をしているかわからない。

いわゆる二世、三世が、初代に及ばないことが多いのも、恵まれた育ちかたをする分だけ、二代、三代には、初代の汗と涙の苦労がないからである。

昔の人が、「かわいい子には旅をさせよ」と言ったのは、ぜいたくな観光をすすめているのではない。〝他人の飯を食えば〟うちで甘やかされているときには夢にも思わなかった気苦労がある。それによって、とくに若い人間はたくましく、伸びる。負の経験の価値を知っていたのである。人知が進んだと言われる現代、このパラドックスがわからなくなったのは皮肉と言うほかはない。

Oくんと H くんは小学校で並び称される秀才であった。そろって国立大学附属中学校を受験した。関係者はどちらも合格とふんでいたが、フタを開けてみると、H くんは入ったが O くんは落ちた。まわりは O くんの方がちょっと力が上だと見ていただけにショックであった。とりわけ O くんのお母さんは半狂乱になって、なげき悲しんだ。新しい学年が始まると、落ちた附属中学校の新入生の担任になった先生に泣きついた。なんとか二年からでも入れてもらえないかと直訴した。

そんなことのできるわけがない。その若い先生は、「力があるなら必ず次の機会には成功します。三年先、附属高校の入試を目ざしてがんばるようにはげましてください」といった意味のことを言って諭したそうである。

三年してＯくんはみごと附属高校に合格した。そしてさらに三年、大学受験になって、国立大学の医学部に合格した。他方のＨくんはというと、成績がもうひとつぱっとせず、二流の大学の入りやすいところへやっと入った。Ｏくんのお母さんは、かつて忠告してくれた中学の先生のところへ行って涙を流して喜び、お礼をのべたという話である。

学力、能力にさして差のなかった二人が、これほどまで大きな格差がついてしまったのはＯくんの苦労のおかげである。Ｈくんはとくに怠けたわけではなかったのであろうが、失敗したＯくんの捲土重来《けんどちょうらい》の意気込みとは比ぶべくもなかった、というわけであろう。Ｏくんは、はじめの失敗をむしろ感謝したにちがいない。成功経験より失敗経験の方が、ことに人生の早い段階においては、はっきりものを言うのである。

幼くしても力を発揮し、神童とまではいかなくとも、秀才、才媛の名をほしいままにしたようなのが、長ずると、それに見合った成長をしていないことがすくなくない。

それは、マイナスの経験が欠如しているからであることがすくなくない。本当かどうか知らないが、獅子がわか仔を千仭《せんじん》の谷へ、あえてつき落とすという。動物のもつ本能的知恵だろう。

✣

負の経験は年少のころがよい。「若いときの苦労は買ってもせよ」、古人はそう言った。年をとってからの苦労は、惨めなわりに役に立たないのである。

とは言っても、例外はある。年をとってからの苦労によって目ざましい成功を収めた人もいないわけではない。

世界的なチェーンストア、ケンタッキー・フライドチキンの創業者カーネル・サンダースは晩成型のひとりである。六十歳になるまで、さまざまなことをするが、ことごとく失敗。年金生活を余儀なくされて、発憤、フライドチキンの販売をはじめた。生涯かかった負の経験がここでみごとに花開いた。

しかし、若くなってからの苦労は、大体において、若いときの負の経験ほどにはものを言わないようである。苦しいこと、いやなことは、なるべく早く卒業した方がよさそうである。やはり「若いときの苦労は買ってもせよ」となるが、運を天にまかせるほかはない。中国の昔の詩人の句に「三分の人事、七分の天」というのがある。人間にできることはほんのわずか、大部分がどうすることもできない天命である、とする考えだ。小賢しく、幸、不幸を口にするのは、天をおそれぬことになるかもしれない。

〝焼け太り〟ということばがある。火災で家を焼かれた人が、復興してかえって豊かになることを言ったもの。家を焼かれたら、まず財産の大半を失ったようなものであるが、必死になって復旧につとめれば、前よりりっぱな暮し向きになるのを、ちょっぴり、皮肉っているのがさきのことばである。

国でも、それに近いことがおこる。

日本はさきの戦争で、ひどい目にあった。ことに都市部は焼け野原になってしまった。もうだめだろう、と思った外国を尻目に、目ざましい復興をなしとげ、やがて戦前以上の力をつけ、オリンピックを開催、輸出をのばして、経済大国と言われるまでになるのに二十年はかからなかった。焼け太りだと言う人はいなかったが、国をあげての焼け太りであった。運がよかったのである。戦争に負けたのはつらいことだが、そのあとの非常の努力は、敗戦があってのことである。戦争に勝っていたとしても、もっと繁栄したとは限らない。

ヨーロッパではドイツがやはり焼け太りを実現して見せた。日本と同じように焦土と化した国が、いつのまにかEU随一の経済大国になっている。戦争には勝ったフランスもイギリスも、ユビをくわえてかつての敗戦国の繁栄ぶりをながめているのである。

災難、困苦のあと、富裕と繁栄が、自然に、ころがり込んでくるわけではない。ひどい目にあった人間でなければ出せない力をふりしぼって奮起するのである。焼け太りということばをこしらえた昔の人は、火事場のバカ力、ということばもつくった。いざとなると、ふだんは考えられないような力が出る。いつもなら動かすこともできないようなものを、軽々と運び出すことができる。

こうしてみると、困苦、災難、不運などが、それほど憎いものではなくなる。それによって、新しい展開がのぞまれることもある。すくなくとも、順風満帆の生き方よりは発展の可能性が大きい。ただただ怖れるのは間違っている。

私は年来、イギリスの哲人、トマス・カーライルのことば、「経験は最高の教師である」ということばに共鳴している。親や先生、先輩、上司、などいろいろ教えてくれる人がいるが、経験という先生には及ばない、という経験主義である。知識より経験の方がわれわれをよく導いてくれるというのがおもしろい。もっとも、これには、「ただし、月謝が高い」というただし書きがついているが、はじめは、それにあまり注意しなかった。

年をとって、いくらか経験をつんできて、このただし書きがたいへん、重要であることがわかった。大事どころか、これなくしてははじめの部分「経験は最高の教師」がかすんでしまう。老いてようやくそこに思い至った。「月謝が高い」とは、いやな、苦しい、つらい経験、つまり負の経験である。ひと口に経験と言っても、成功経験などには人間を育てる力はない。失敗経験、負の経験が、もっともすぐれた教育をしてくれる。

かつて庶民は「若いときの苦労は買ってもせよ」ということばで、同じ発見を表現した。人知は普遍的であるらしい。

知らぬが仏・忘れるが勝ち

私にはいまもって信じられないことがある。

四十年前、レントゲン写真を見て、医師がうなった。「うーむ、相当しっかり結核をやりましたね。もう固まっていて心配ありませんが、ひどかったでしょう」

びっくりして、「まったく覚えがありませんが……」と答えると、お医者は「そんなはずはない。これだけの跡があるのだから、かなりひどかったはずです」。

おどろいて、「それ、いつのことでしょう？　いままで一度も結核だったと思ったことさえありません。いつごろでしょうか。私が結核にやられていたのは……」。

「写真から判断して、二十年はたっているでしょうね。ホントになんともなかったんですか。不思議ですね」

そのときから二十年前といえば、終戦直後である。みんなロクに食べるものもなく、痩せ細っていた。私は昭和二十年の三月に軍隊へ入って、ひどい目に遭った。極端に悪い食事で毎日、猛訓練。ふらふらして生きていた。みんなそうだったから、なんとも思わなかった。戦争が終わってシャバへ戻ったが、食べるものがなかったのは変わらない。よく風邪をひいたが、なおる。そのころとはそんな時代である。風邪だと思っていたのが、結核だったのかもしれない。私は何も知らず、ヒョロヒョロと生きていたのである。

唯一親しい友人がいて、よくいっしょに自炊の食事をした。その彼があるとき、青い顔をして吐きすてるように言った。「東大分院で診てもらったら、重症の結核、すぐ郷里へ帰り絶対安静、さもないと死ぬ、というんだよ。まいったネ」

大学の卒業論文が書きかけだったが、両親のもとへ帰って三カ月、父親に書きとってもらった論文を仕上げると不帰の人となった。それでも、私は自分の病気を疑わなかった。「オレはまあ大丈夫」と思っていたのである。おそらく病気だったのだろう。この医者の言うように重症だったのかもしれない。そうだとわかっていたら、いくらなんでも放っておかなかったにちがいない。病気を宣告されれば、友人と同じように死んだかもしれない。知らなくてよかった。知らぬが仏、とはこのことだと思った。

よけいなことを知るのは百害あって一益なきことさえ知らない人の多い世の中である。大事なことを知らないのはひどく鈍感な人間のように考えるのが一般であろう。生死にかかわることを知らずにいて、何が、知らぬが仏か、と人はあきれるだろう。でも、やはり、知らないですむなら、その方がいいということがいくらもあるような気がする。

ヨーロッパ、北欧のある国でちょっと変わった実験が行なわれたことがある。同じようなサラリーマン千人を選び、五百人ずつ二つのグループに分けた。片方のグループには医師をつけて健康管理を行なう。もうひとつのグループはまったく何もしないでほうっておく。ある期間がたってから、全員のチェックを行なったところ、ドクターがついて注意していたグループの方が、病人が多いという結果が出た、というのである。

どうして医師のついている方の成績が悪いのか、常識の予想がくつがえされたのか、わかりにくいけれども、やはり、知らぬが仏の原理がはたらいていると見るのが妥当であろう。医者はちょっとしたことでも見落とさずに注意する。言われた方は、びっくりして活気を失うことがありうる。心配症の人は気持ちの上で病人のようになる。

ストレスが生じると、免疫力がおちるというから、くよくよしていると、本ものの病気にやられるということがありうる。

英語に Care killed a cat.（心配ごとは体の毒）ということわざがある。文字通りの意味は「心配はネコを殺す」である。〃ネコは九つの命をもつ〃と言われるくらい、めったなことでは死なないが、心配には勝てないというわけである。くよくよするなという意味で使われるが、この心配とは、なまじ知ったから生じるのである。よけいなことは知らぬに限るというわけだ。

戦前、日本の農村で、生命保険に入るのはごく限られていた。保険に入るには健康診断が必要である。医者にかかったこともない人たちであるから、これが嫌われた。検査を受けて病気が見つかり加入を断わられるケースもある。どこも悪くないと思っていた人が健康上の問題で加入もできないと言われるのは本人にとって大ショック。気の弱い人はそれを気にしているうちに、本当の病人になってしまう。保険に入ろうなどと思わなければ、〃元気〃でいられたのである。

悪いことは知らぬが仏である。悪いことでなくとも、知らずにいた方がよいことはいろいろある。知識というのも、ときには、悪ものになる。なまじ知っているから、失敗することがある。

前の章で、富士山を認めようとしなかった少年のことを書いた。どうして少年が本モノを認めようとしなかったのか。彼は富士山を知っていると思い込んでいた。雪をいただいた遠景の麗峰である。ここで見られた巨大な黒い塊りのようなものとはまったく異なる。先入主となる知識があったのがいけない。そんなものがなければ、率直に富士を富士と受け入れることができただろう。

アメリカの文豪ヘミングウェイが亡くなったとき、死因について、アメリカのマスコミでも、はっきりしたことが、しばらくの間わからなかった。事故死か自殺か、はっきりしなかった。その間、日本でも、どちらだろうというのが話題になった。アメリカ文学を専攻し、ヘミングウェイをよく知っていると思っている人たちの多くが、事故死説だった。あのたくましい作家が自殺なんてするはずがない、というのである。

それに対して、作品を読んだこともなく、ただ、死亡のニュースをきいた人たちは、多く自殺説だった。ヘミングウェイ研究者が「シロウトにわかるはずがない」などと威張ったのがおもしろかった。結局、ヘミングウェイの死は自殺だった。よく知っているはずの人たちが、それを誤ったのは、知っているからである。それが先入主になって正しい判断ができなかった。知らぬが仏のシロウトに軍配があがった。

考えてみれば、お互い人間は生まれながらの死刑囚のようなものである。必ず死なくてはならないが、それがいつのことかわからないから、わりにノンキに生きていかれるのである。いついつ命をおとすということがわかって生きているのは地獄である。やはり、知らぬが仏。

✣

こどものころから、忘れるのはいけないことと教えられてきた。忘れ物をすると、先生にしかられる。きかれて、「忘れました」と答えるのは頭の悪いヤツだと見られると感じていた。もの覚えがいい子は頭のいい子であるとみな信じていた。勉強はものを覚えることだから、忘れるのは目の敵にされてもおかしくない。試験は、記憶のテストである。忘れっぽいのは劣等生である。

大人になっても、なかなか、三つ子の魂のような記憶信仰、忘却恐怖から自由になることができなかった、ばかりではない、いっそうはげしい記憶競争にさらされる。

忘れっぽいのはたいへんな欠点で、こどもながらコンプレックスをいだいた。

私は社会へ出てからもずっと忘れやすいのは悪い頭だと思っていたが、あるとき、ふとしたきっかけで、記憶秀才と忘却天才とがあることに気づいて、忘却の力を発見した、そう言っては大げさであるが、世の中が変わって見えるようになった。

この話の主はどちらも故人であるから、そしてりっぱな業績をのこされた方々だから、あえて、実名を出して書く。

中平解《なかひらさとる》博士はフランス文学者で、すぐれた仏和辞書の編者でもあるが、稀代の秀才である、と言われた。

四国の中学校を出たが、小学校五年から中学へ入った（当時、そういうことができたのか）。その中学を四年修了で（つまり一年早く）第一高等学校に合格、入学した。ふつうの学生よりも、二年早く十六歳で、天下の最難関、一高の入試をパスしたというので、一高の事務職員が教室をのぞきに行ったというエピソードもあった。

すばらしい記憶力だという。こんな逸話がある。ある人が中平博士宅を訪ねた。はじめて伺うものだとその人が挨拶すると、博士がしばらく考えていたかと思うと、

「いや、はじめてではありません。前に会ったことがあります。いまから、そう、二

十五年前、あなたは、渋谷の喫茶店・某々でケンカしたでしょう。そのときボクがとめに入った。だから初対面ではありません」と言った。訪問者はかろうじてケンカのことは覚えていたが、仲裁が博士であることはつゆ知らなかったので、改めてその明晰な記憶力に敬意を表したという（喫茶店の名はもちろん覚えておられたが、忘れたので某々としておく）。

もう一人は西脇順三郎さん。親しそうにそう呼ぶわけは、学生時代から雑誌編集のころまで、ずっとかわいがってもらったからである。西脇さんは、新潟・小千谷《おぢや》の出身、西脇財閥に連なる。幼にして秀才の誉れが高く、中学（旧制）生のときに、イギリスのスイートの『英文法』をもちろん原書で読みこなしたといわれる。慶応大学へ進み、経済学を専攻したが、卒業論文をラテン語で書いて提出。審査にあたった大教授が面食らったとか。イギリスへ留学して英文学に転向。向こうで英語の詩を発表して、多くのイギリスの詩人と知り合った。

私がいちばん深く謦咳《けいがい》に接したのは先生の五十代後半であった。あるとき、編集の用があって、芝白金《しばしろかね》のお宅を訪れた。用件がすむと、先生が「これから会がある。いっしょに出ましょう」と言われる。お伴をし、会場までお送りするつもりでタクシーをひろった。

「会はどちらで?」とうかがう。

「それが、はっきりしないのだ。貧乏な詩人たちのする会だから、上野の精養軒くらいかな」

行ってきいてみると、そんな会はないと言う。先生は落ち着いたもので、

「そう言えば銀座だったような気がする。何とか会館へ行ってみましょう」

銀座へ行ったがやはり違う。

「しかたがない。帰りましょう」とおっしゃるから、また白金まで戻った。

そのころは道がすいていて、上野も銀座もすぐだったが、さすがに、先生の健忘に舌を巻いた。それだけでなく、さきの中平博士と比べていろいろ考えさせられた。その結果、記憶型秀才と忘却型秀才とがあること、それまでは、記憶力抜群の人だけを秀才だと考えていたのが誤りであったと気がついたのである。

中平先生はそのおどろくべき記憶力を使って、電柱のことを電信柱という土地は全国、どことどこだという調査研究をされた。宝のもちぐされと言ってはよくないが、すこしもったいない気がする。

西脇先生が、

宝石箱をひっくり返したような朝

といった詩をつくりだされたのは、よけいなことは忘れて頭の中がきれいさっぱり片づいていて、思いもかけないものが、自由に飛び交い、新しく結合して詩の世界を創出できたからだ。記憶のつまった頭ではとても望めない。そんなところから、記憶は秀才を育てるが、忘却は天才を生む可能性を秘めているというドグマをつくり、いくらかそれを信奉するようになった。

どういうものか、記憶と忘却は仲が悪い。記憶をありがたがる人たちは当然のように忘却を悪いものときめてしまう。記憶はもともとそんなに頭がよくないから、忘却に助けられない記憶はあまり役に立たないことを、ずっと見落としてきた。記憶の巨人、コンピューターが出現して、ようやく、機械的記憶はそれほど大したものではないことがうすうすわかってきた。コンピューターは記憶では千人力を発揮するが、ものごとを判断したり、選択的忘却をすること、考えることはできないのである。

人間は、生まれながらにして記憶力をもっており、生まれながらに忘却力ももっているが、記憶力の方が実用的だから、大切にされてきた。忘却は故なくして、貶められて、哀れである。人類の不幸のひとつとしてよいかもしれない。

記憶は食欲のようなもの。なんでも頭にとり入れようとする。頭にも限りがある。いっぱい詰められれば、もう受け付けない。勉強しすぎの人が意欲を失って何もする気がなくなってしまうのは、つまり頭がいっぱいである証拠。

そういうことにならないために忘却力がある。とくに努力しなくても、自然に忘れられるようになっている。自然の摂理である。健全な忘却力があれば、知的メタボリック症候群にかかる心配もすくない。

人間はみな眠っている間にレム睡眠を行なって、忘却作業をすすめる。有用な、興味ある情報は保留、どうでもよいことはゴミよろしく排出してしまう。つまり、頭の整理をしているわけで、朝、目をさましたとき、頭がすっきりしていたら、頭のゴミ出しがうまくできている証拠で、喜んでいい。逆に、なんとなく気分が重く、やる気もおこらないというのは、頭の掃除ができていないためである。特別な努力で、忘却を促進し、頭をきれいにすることを考えるのが新しい知性である。

記憶は知識をふやすが、知識そのものは新しいものを生み出さない。もの知りは知識をもっているだけで満足する。新しいものを生み出すには、忘却によって洗い、流され、削られ、加工されたもののみである。それが創造する。忘却力の強い人のみが大きな発明、発見ができる道理である。

「田舎の学問より京の昼寝」という昔のことわざがある。地方で大車輪、一刻を惜しんで学問に打ち込む人より、都でのんびり昼寝している人の方が、りっぱな学問をすることを言ったものである。本ばかり読むのが能ではない。忙しくても、昼寝する。そうすれば自然に頭が整理され、よくはたらくようになり、りっぱな成果を収めることができる。

日本は明治以来、欧米先進国の文化を摂取すると称して知識の記憶ばかりに力を入れてきた。おかげで、ものまねはうまく、国際的にコピー・キャット（ものまね）と陰口をきかれるまでになったが、独創的な頭脳を尊重しなかったから、新しい文化・技術を生み出すことがうまくできない。忘れるが勝ち、という生き方が広まらないと、未来はない。コンピューターに勝つには、うまく忘れるしかない。

虚言

高名な国文学者であった玉井幸助《たまいこうすけ》博士は息子のことばの教育についてきびしかった。その息子が、小学生のとき、正月のあいさつを叔父のところへあてて書いた。父親から、何と書いたか、ときかれて息子が、

「お正月に原っぱへ行きましたが、だれもいませんでした……」

と書いたと言うと、父親は、

「正月早々、そんなことを書くものではない。原っぱへ行ったら、こどもが何人も遊んでいました、と書きなおしなさい」

と言う。日ごろ、ウソを言ってはいけないと教える父がどうして、ウソを書けと言うのかわからず、

「ウソを書くのですか」

と尋ねると、静かに父は、

「文章はそう書くものだ」

としか答えなかったという。ずいぶんわからなくて困ったというが、この息子は後年、朋輩をぬきん出る能文家になった。父親の教えはムダではなかった。

普通の親なら「本当のことを書け、ウソはいけない」と言うところだが、この碩学《せきがく》はことば・文章について深い洞察をもっていたのである。文章が一般のモラルを超越するということを、これほどはっきりさせたのは例外的であるといってよかろう。

学校の作文指導では、教師は、「思ったことを思った通りに書きなさい」などと言って、それができもしないことであるのをはじめから考えない。こどもは途方にくれて、いい加減なことを書くことになる。

こどもだけでなく、大人だって、文章というものがよくわかっていない。それどころか、ことばそのものがよくわからない。いつのまにか話せるようになっていることばは、そのままでは、文章にならない。どういう加工が必要かを考えることなど夢にも考えないで、お互い一生を終える。

〝はじめにことばありき〟だが、そのことばは、話すことばか、書くことばか。これもはっきりしない。言文一致は、話すことばと書くことばを一致させることを目ざすけれども、実際にそんなことができるのかどうか、つきつめて考えるのは変人だと言われるであろう。

✣

ことばというと、文字・文章のことだと考える人が多いが、正しくない。ことばは声で、話すことばが基本である。文字が生まれるには、それなりの社会的状況が必要である。いまだに、文字・文章をもたない部族がかなり存在する。これは必ずしもおくれているわけではない。なくても不自由しない生活をしている人たちは、読み書きの必要を感じないのである。

ことばの基本は話すことばである。

そこから、書き、読むことばが派生する。話すことばより、ずっとあとになってあらわれるのである。直接、対面していない人、遠くの人にことばを伝えるには記録の容易な文字によるほかなくて、読み書きが、生活教養となる。近代教育は、この読み、書きに主力をおいた。その能力によって人間を評価するようになって、話すことばより、読み、書くことばの方が高級であるとする通念が固定する。学校教育も、話すことばを真剣に考えるのは例外的である。もともと、ことばは声をもっているのに、教育を受けた人にとっては、ことばはなかば沈黙する。書くのはもちろん読むときも沈黙の言語であるが、それを不思議がることもない。

　小学校の国語の勉強でも、音読するのは、はじめのうちのほんの短い期間で、さっさと黙読に移るが、おかしいと思う人もすくない。その教科書に作品を入れることになったある詩人が、いくつかの漢字の読み方をきかれたのに、はっきり答えられなかった、という話があるが、決して異例ではない。詩人でさえ、沈黙のことばで詩をつくるのである。

　文字言語の過当評価が広まるのは当然である。ことばは、すべてを表現できる、書くことができる、といった思い込みも異《い》とするに足りなくなる。

　かりに、一〇〇のことを考えた人がいるとする。それをほかの人に伝えようとして、話すことばで表現しようとしても、一〇〇がそのまま表されることは絶対にあり得ない。人によって言語能力に差があるから、一概にはきめられないが、五〇、つまり半分、言えたら大した能弁ということになろう。二〇か三〇だって、うまく言えない。
書くことばだと、この伝達性はさらに下がる。思ったことの三分の一でも書けたら大したものである。口なら言えるが、文章では何とも書きようがない、となるのが普通である。いくらなんでも、一〇〇のうちの一〇や二〇では不充分であるから、多少の増量がはかられる。それが、文章のあやである。はっきり言えばウソ。まったくこの要素のない文章はほとんどないと言ってよい。

✣

おおよそ通信が未発達だった時代、軍隊では移動する部隊と部隊の連絡に逓伝《ていでん》という方法をとった。A、B、Cという三部隊が行進しているとき、AとB、BとCの間に数十メートルずつの間隔を置いて、二名ずつを配置する。AからB、Cへ連絡すべき事柄があると、この中継点を経て、後方へ伝えられるのである。はじめの伝達内容がそのまま終点に届くのが要求されるのだが、決して、そうはならない。どういうわけか、途中で変化するのである。ときには、まるで違ったものになって終点に届くこともある。実際にそんなことがあってはたいへんだから、正しく伝達されるように訓練するのであるが、いくら訓練しても、なかなか誤りを防げない。

軍隊のことである。遊びではない。各人とも正しく伝えようとするのだが、それでも、いくつかの点を経由している間に、かならず情報が歪曲されたり、ときには化けたりする。どうしてそんなことになるのか、訓練させられているものにとっても不思議だった。

先年、静岡県でちょっとした騒ぎがあった。いつ、いつ、地震がおこるという警報が、訓練であると、ことわって流された。それが、どこで変わったのか、本当の地震がおこるという警報として伝わり、人びとが逃げ出す始末になった。これも、発信された情報が、途中、地震を怖れる人たちの不安にあおられて、いまにも地震がおこるように化けて、あばれたということらしい。途中で、よけいなことをつけ加えたり、人事なところを落としたりした人がいたはずだが、それらの人は自覚していないかもしれない。人間には、ものごとをあるがままに伝えられない習性があると考えるよりほかに説明がつかない。

重大な情報でないと、伝達過程での変化はもっと活発で、とんでもない化け方をすることもすくなくない。どこでどう尾ヒレがつくのかわからないが、噂は、雪だるま式にふくらみ、人びとをパニックにおとしいれることもある。

これは、人格などとは関係がないらしく、りっぱな人間でも、噂をひろめるのに一役買うことがないとは言えない。モンテーニュは西欧において傑出した賢人であるけれども、噂の伝播《でんぱ》にひと役買うことのあるのを認め、「ひとから聞いた話を、そっくりそのままほかへ伝えるのは気がひける。すこし、おまけをつけて伝える」といった意味のことをのべている。ひとみなおしなべて、同じ気持ちをもっているとしてよいだろう。

人間は本当のことをそのまま伝えることができない。なんらかの増減を行なう。つまり、無自覚的なウソをつくようになっている。

✣

電話は、機械によってメッセージを遠くへ送ることができる。ところが、相手が遠くなるにつれて、間違いや誤伝が多くなる。それに注目した人たちが、伝達工学（コミュニケーション・エンジニアリング）という技術を開発した。

発信者の送り出すM（メッセージ）をM1、とする。これを通信機にのせて、相手側に送る。その受信されたものをM2とすると、M1はつねにM2と異なる、というルールが導き出される。どうして、M1がそのまま受信者に届かないのか。伝達工学は発信と受信の間にノイズ（雑音）が介在するということで、この誤差を説明しようとする。距離が大きくなればなるほど、ノイズも大きくなり、M1とM2の違いも増大するというのである。

人間同士で行なっているコミュニケーションにおいても、このノイズにあたるものを考慮するのが妥当であろう。すべてのメッセージは、そのノイズによって、多少とも歪められたり、肥大させられたり、あるいは、尾ヒレがついたりする。これは意図的であることもないではないが、多くは本能的、無自覚である。つまり、人間には、スピードをスピードとは言いにくく、ちょっぴり違ったものにしないと気がすまない習性があるのだろう。

メッセージをあるがまま受け入れ、そのままを他へ伝えるというのが、ほとんど人間業ではないくらい困難である。人間はウソをつくものであるという命題は妥当なものであると言ってよい。

この尾ヒレをつける本能的作用をおそらく世界ではじめて発見したのは、江戸時代、大坂の在野の学者、富永仲基《とみながなかもと》であろう。十八世紀中ごろのヨーロッパに、これに気づいたものはなかったと言われる。

この作用のことは加上の法則と呼ばれる。

たとえば、仏教には、釈迦の言ったとするおびただしく多くのことばが伝えられているが、そのほとんどすべてが、釈迦自身の言ったものではなく、どこかで、つけ加えられた後世の尾ヒレであると考えるのが、加上の説である。当然、仏教側から、仏教を冒涜《ぼうとく》するものだとして、はげしい反発を受けなくてはならなかった。それで加上の説はほとんど広まらなかった。

仏教だけでなく、キリスト教などでも、教祖のことばとして伝えられているもののきわめて多くが、後世の付加したものであると考えられるが、それを認めようとしない勢力が強いために、問題は解決していない。古くからの教典、典籍に、語録の形をとっているものは多い。語録は、加上の法則によって生まれたものであると考えるほかない。

もとの形がそのままで永い年月を経て伝承されるということは、加上の法則の作用を受けない人間がないとするならば、考えることもできない。すべての古い言説は、俗な言い方をするならば、ウソの塊りのようなものだとしてよいであろう。

その作用の及ばない表現を求めて生まれたのが数学であろう。数学には尾ヒレがつかない。それだけ人間ばなれしている。数学に感動するのは、詩歌に心酔するよりもずっと難しい。

✣

「ことばとそれが表すモノゴトの間に必然的な関係はない」

という部分をふくむ私の文章が、かつて小学校用の検定国語教科書に載った。そして問題をおこした。わからない、誤りである、訂正しろ、という声が現場の教師から上がって、たちまち、消えることになった。

これは、ことばは記号であって、実体がない、ということである。ことばが実体と結びついていれば、ことばは世界中、ひとつでなくてはならない。〝水〟というモノに対しても、ひとつの呼び方しかないのなら、ことばとモノゴトの関係は必然的である。実際に水を表すことばは、国語の数以上たくさんあるのは、ことばが、虚言であるからである。ニワトリの鳴き声はおそらくどこでもちがわないが、イギリスではコッカ・ドードル・ドーと鳴き、日本ではコケコッコウと鳴く。どちらが正しいかは問題ではない。どちらも、おおよそを伝えようとした擬音で、つまり、虚のことばなのである。

これが言語の本質である。

ことばはモノゴト、思い、感じなどとは次元を異《こと》にする記号である。記号はどんなに精密にしてみても、実際、具体、対象をあるがままに表出することはできない。虚構である。しかし、記号も頻繁に用いられていると、それが提示している、実体、具体、対象と密接不可分のように感じられるようになる。ことばに意味があるというのはこの次元であるが、それだからといって、ことばが記号であることを忘れるのは不当である。

日常生活でことばを使うものは、そんな理屈とは無縁で、ことばはものごと、気持ち、考えをあらわしていると思い、それを反省することはまずない。そうして、そういう素朴な言語信仰の上に、人間の文化、歴史が築かれてきたのである。実体はことばによって抹殺されたとしてもよい。古い歴史的遺物が発掘されても、ことばを伴わないから、そのままが文化・歴史を動かすことにはならない。

ここに一人の詩人がいるとする。ある情緒、詩情をとらえたとしよう。それをそのままにしておけば、やがて消え、他の人の知るところとならない。なんとか他にこれを伝えたいと思って、ことばを綴る。その過程で、もとの情緒、詩情は大変化を受けなくてはならない。心理を過不足なく表現できることばは、存在しなかったし、未来にもあらわれないであろう。

詩人のつくる詩は、それが表そうとしている心情の忠実なコピーなどであるわけがない。すべてことばによる創造である。虚実ということを言えば虚である。ウソだとしてよい。

このウソは、社会的に実害を伴うことがすくないため、治外法権的に許容されてきた。しかし、つねにそうとは限らなかったことは、ギリシャのプラトンが、詩人をその共和国から排除したことによっても明らかである。後世、文芸に対する検閲が広く行なわれてきたのも、同じ根拠によると考えられる。

実から離れた虚ということばの性格は詩文に限らない。すべてのことば、すべての表現について言える。実体としっかり結びついていないという点では虚言であると言ってよい。俗にウソはいけない、と言うが、つきつめていくと、ことば自体の否定になる。いつの時代にも、ウソも方便という考えがあるのは自然である。

アメリカの初代大統領ジョージ・ワシントンが、父の大事にしていた桜を折ったことを正直にあやまったのが美談になったために、その後ずっと、アメリカは芸術的、文学的不毛の時代が続いたと言われる。完全にウソを否定すると、ことばも文化も存在し得なくなるおそれがある。

竜頭型・掉尾型

大学の入学試験も、かつてとはずいぶん変わっている。われわれのように古い試験しか知らない人間は新しい試験はおどろくばかりである。私は英語の教師をしていたが、入試の採点というのは、たいへんな作業であった。

何百枚もの答案を見る。もちろん、答案全部に一人で点をつけるのではない。かつては英文解釈の問題が中心で、四、五題ある。各教師が一問を通してみる。珍答案があると、声をあげてほかの採点者に紹介、みんなで笑う。それがたのしみだった。

そういう答案ではなく、白紙というのがときどきある。採点者はやれ助かったと思うが、受験生の心中を思うと哀れである。

白紙で一字も書いてないのに、原文の下に鉛筆の線が何本もあって悪戦苦闘のあとが痛々しい。十行の英文問題で、この鉛筆の線が見られるのははじめの三、四行。あとは手つかずである。はじめのところがどうしてもわからず、降参したらしい。かわいそうに、とその都度、同情したものである。

問題文のはじめの数行は、その全体のうちでもっとも厄介な部分である。すくなくともなれない日本人には、いちばんわかりにくいところである。受験生が、そこで右往左往して倒れるのも無理はない。しかし、そこを目をつむって通りすぎると、あとに急にわかりやすいところが出てくる。しかも、はじめの部分と同じことを具体的にのべていることが多い。この部分ならわかる受験生の方が、わからない人より多いだろう。ここまでいけば白紙答案にしなくてすむのである。

そのころの受験生で、問題になる英文の構造について知っているものは皆無であった。いまでも事情はあまり変わらないか。

日本語の文章はパラグラフの観念がはっきりしていない。はじめを一字下げて書き出し、終わりは、余白にするのを段落と呼んでいる。段落はパラグラフの訳語である。けれども、段落とパラグラフは大きく異なる。段落の構造は柔軟ではっきりしないのに対して、英文のパラグラフはしっかりした構造をもっているのが普通である。入試の問題になるような英文なら、たいていきちんとした構成をもったパラグラフである。

十五行のパラグラフがあるとする。全体がA、B、Cの三つの部分になる。Aは二、四行で、抽象的、一般的な命題をのべるのが普通。つぎのBはAよりも長めで、Aでのべたことを具体的に敷衍《ふえん》する。頭に〝たとえば〟というような語がおかれることが多い。Cは、上のAとBをふまえて、ふたたび抽象的表現にもどって全体の締めくくりをつける。抽象的、一般的表現は、原則として現在形の動詞が使われ、それに対して、Bでは過去形の動詞が多くなる。

注意すべきは、A、B、Cがバラバラに別のことを言っているのではなく、表現は違っていても、論旨は一貫している。A、B、Cは同心円のようなものである。

これになれていない日本人は、苦労するのである。もともと日本人は抽象的表現に弱いところがあるから、ノッケから、固い表現にぶつかると途方にくれるのである。

右にのべたパラグラフの構造を心得ていれば、かりにAの部分がわからなくても、Bでわかりやすくそれを言い換えているから、それを頭に入れれば、Aもたやすくのみこめる。A、BがわかればCはそのヴァリエーションだから、わかりにくいということはすくない。

受験生を苦しめたA。いつまでもそこにこだわってわかろうとするから、二進《にっち》も三進《さっち》もいかなくなる。目をつむってBへ入れば、ここはお話だからわかりやすい。しかもそれがAと同じ論旨であるから、ここから逆行してAを理解することは容易である。こういうことを学校の英語で教えなかった。いまも教えない。そのため、われわれはどれほど余計な苦労をしてきたかわからない。日本人の外国理解がどこかヒ弱であるのも偶然ではないように思われる。

もうひとつ、日本人には、はじめに、いちばん大事なことを言う習慣がないから、英文でA、B、CとあればCがいちばん大切な部分だと考えやすい。実際は、逆で、冒頭が最重要である。B、Cはその変奏、ヴァリエーションだと言ってもよい。日本文では最後まで肝心なことを出さない。ときには、最後でも出さずに相手の推察にゆだねることもある。以心伝心を達人のコミュニケーションのように古来、考えてきた。

英語のパラグラフははじめにもっとも大切なことを出し、あとはそれを言い換える形をとる。日本語にはしっかりしたパラグラフがないけれども、あえて言えば、はじめは軽く、終わりへ行くにしたがって重要性が高まる。

英語のパラグラフ構造を▽型とするならば日本語のそれは△型である。▽型の表現を日本人は竜頭蛇尾《りゅうとうだび》と言ってバカにする。△のことは〝掉尾《とうび》〟と言って重んじた。掉尾を飾る、のはあっぱれである。

明治以降、百年以上の間、日本人は外国語にさんざん苦しまされてきたが、その根本にこの▽型と△型の違いのあることをほとんど考えなかった、というのは、ずいぶんノンキな話と言わなくてはならない。そのために、日本人の外国理解がどれくらい歪められてきたか、はかりしれないほどである。

✣

われわれのこどものころ、というのは昭和ヒトケタのことだが、新聞を声に出して読む人がいた。そんなに年をとっていないのに声を出して読むのである。こどもが、うるさい、黙って読んでみなさい、などとにくまれ口をきくと、「声を出さないと、わけがわからん」と悲しそうにこたえたのだった。

音読しても、意味はわかっていなかったのだろう。そのころの新聞は総ルビ、つまりあらゆる漢字に仮名がふってある。仮名がわかれば音読できるのだが、何が書いてあるのかわかるわけではない。わけもわからず新聞を読むような酔狂な人は田舎にはすくない。新聞をとっているのは金持ちくらいに限られている。すくなくとも農村ではそうであった。

新聞を音読した人たちは、内容を理解することなどはじめから考えていない。声を出して仮名をひろって読めば、それで、読んだと思っていた。新聞がなかなか難しいものであることは、すこし教育を受けた人たちでもよくは知らないで読んでいたのだが、それを自覚するものはほとんどいなかった。

教育が普及し、高学歴社会の現代になっても、日本人の多くは新聞をまっとうに読んでいないかもしれない。

そんなバカなと笑う人は、テストをしてみるとよい。適当な長さの新聞記事を読んでもらう。読み終わったら新聞を引き上げる。そして、いまの記事を復元してもらう。モトに近いことを書けるのは、十人中、二、三人あればいい方。たいていはおぼろげな記憶になっている。総じて、よくとらえられているのは記事の終わりの方。対照的に、書き出しの部分は、はっきりとらえられていない。どうしてそんなことになるのか。

それにはワケがある。

新聞の記事は、前方、はじめの方ほど重要度の高い情報が出る。いちばん大切なのは、見出し、これがまずくては記事にならない。本文を読まずに見出しだけ見てすます「見出し読者」が生まれる。本文ではリードの部分が最重要である。ところが、実際は情報が押し込まれていて頭に入れるには努力を要するのだが、毎日のことで、馴れているから、わからないのにわかったつもり、あるいは、ろくに読まずに通り過ぎる読者が意外にすくなくない。さきのようなテストをしてみると、それがよくわかる。セカンド・パラグラフ以下、だんだん情報の密度は下がっていく。最後の一節では、目撃者などが、「びっくりしました」と言ったことが報じられる。いわばつけ足しの飾りのようなものである。ここにいちばん関心をひかれる読者が案外、多いらしい。

さきに書いた竜頭型、▽タイプの文章の原型は新聞にあると言ってよい。日本人は、掉尾型、△タイプ表現を好むようになっていることが多いから、新聞のスタイルに異和を覚えるのはやむを得ない。ことに冒頭部のこまごました情報は△タイプの頭を素通りしてしまう。厄介だというイメージをもつのである。そして、終わりにあるゴシップ的部分をことさらよろこぶのである。

新聞記事が、どうして、大事なことをはじめのところへもってくるのか。それにはワケがある。新聞は毎日、何版も発行する。新しいニュースが入ると、前の版の記事の末尾を削って、押し込む。削るのは終わりの部分になるから、ここに大事なことが入っていると、切ることができないで不都合である。必要なことがすべて前の方で書いてあれば、好都合だ。読者のことを考えたのではなく、新聞自体の都合である。それが、たまたま、▽タイプと合致したということである。

この記事のスタイル、というか、構成は日本で生まれたものではない。文明開化でヨーロッパから入ってきたものである。これが日本人の思考に合うか、どうか、などを考えているヒマはなかった。▽型表現である、というのは、いまの読者でもはっきりとは意識していないだろう。

新聞記事の頭の部分がなんとなくとっつきにくく、わかりにくいように感じられるのは、△型の頭で▽型表現を理解しようとするときの素朴な反応であろう。日本人にとって新聞記事は思いのほか難しいのである。

△型の頭をもった日本人が週刊誌に親しみを感じるのは自然である。週刊誌の記事の冒頭の部分が、新聞とは違って、軟化しているからである。

そういうことに、報道関係者がまったく無関心だったわけではない。人から聞いた話でしっかりしたことはわからないが、共同通信社が、外電が日本の新聞であまり歓迎されないことを心配して、欧文の訳出法を検討したという。おそらく、ここで考えている▽型と△型の問題も検討されたであろう。

✣

宮沢賢治は「雨ニモマケズ／風ニモマケズ」でもっともよく知られている。生前発表されたのではなく、没後、発見された手帳に書きとめられていたもので、彼の作品であったかどうかと疑う向きもある。

雨ニモマケズ
風ニモマケズ
雪ニモ夏ノ暑サニモマケヌ
丈夫ナカラダヲモチ

で始まる。そして、そのあと、

慾《ヨク》ハナク
決シテ瞋《イカ》ラズ

イツモシヅカニワラツテヰル

という調子のことばがえんえんとつづく。なかなか終わらない。はじめからかぞえて二十九行目になって、やっと、

サウイフモノニ

ワタシハナリタイ

で締めくくられている。この二行になるまではすべて前置きというわけで、それだけに、結びがよく利いている。日本語の発想の典型だ、とかつて金田一春彦氏がのべていたことを思い出す。

掉尾型表現の手本みたいなもので、その効果も目ざましい。多くの日本人の琴線にふれたのは偶然ではない。英語では、こういう詩を書くことは考えるのも難しい。英語だったら、最後の二行が冒頭に立たなくてはならないだろう。そんなことをすれば、日本人は鼻白む思いをするにちがいない。

はじめから大事をもち出すのは、〝はしたない〟ことである。たとえば用件があって面談するときも冒頭に本題をもち出すのは野暮天、話にならない。まず当たりさわりのない、あいさつをならべて、調子のついたところで本題に入る。

外国の手紙は、当然のように用件から書き始められる。日本ではそれをまねるわけにはいかない。時候のあいさつのことばを連ねてから、「さて」と本題に入ることになっている。用事がすんだら、ハイサヨウナラではお里が知れる。終わりに数行、結びのことばが必要である。受け取った人は、その結びのことを覚えていて、本題を忘れる、というようなことも、ときにおこり得る。手紙をもらった人が△型の受信をしているためである。

便箋一枚の手紙は、いまなお、一部の若い人の間さえよくないとされているのは、やはり余韻を大切にする作法の影響を知らず知らずに受けているのである。一枚で書き終わっているのに、白紙の用紙を一枚添えるのを美しいと感じるのであろう。

△型タイプの代表は、なんと言っても、落語にとどめをさす。

落語は、まず、小手しらべ、あいさつのはたらきをするマクラをふる。イントロであるが、はっきりしたテーマのあることはまれ。話は、終わりの〝下げ〟〝落ち〟で締めくくる。ここが肝心なところである。

欧米のことばでは、冒頭、イントロダクションが、きわめて重要である。しっかりしたイントロダクションがあれば、改めて結論を出すに及ばないと考えられている。

落語をおもしろいと思っている日本人が、外国語の本を読むとき、うっかりすると、読みそこないをしかねない。△型流に、落語式に、大事なイントロダクションを読み流す。それで本文がよくわからない。結論があると思っていても、それもない、というようなことになって、要領を得ないで終わるおそれがある。

△型表現は終わりが勝負。うまく、おもしろく結べば、おのずから、余韻が生ずる。日本人はそれを愛し好む。画竜点睛《がりょうてんせい》の妙は、かかって末尾にあるというわけである。有終の美というが、冒頭の花はあまり考えない。

日本人のスピーチが貧弱であるのはほぼ国際的評価であるらしいが、やはりこの△型表現が悪く作用しているのだろう。最後に、とどめの名文句で聞く人をうならせようなどと思うスピーカーはすくなくない。よくも考えないで始めるスピーチに、そんなうまい殺し文句が出るわけがない。「最後に……」「もうひとつ……」などと言ってもケリがつかなくて、長話になるのである。「結論的に言って……」などというせりふで話を始めるのが、先年来、少々流行したようだが、やはり日本人や日本語にはなじみにくいのかもしれない。ひろまらない。

Ⅲ

「数」のちから

人間がみな、ことばを使って生きているというのは、考えてみると実におどろくべきことである。ことばを覚えようという自覚もないらしいこどもに、ことばというものが本当にわかっていないまわりの大人が、ことば掛けをしていると、わけもわからずことばがわかり、使えるようになる。神秘的だといってよいだろう。このことばの習得をうまく方法化すれば、天才的能力を発揮する新人類があらわれる可能性がある。そういうことを本気になって考えていて幼児教育に関心をもつようになった。「はじめにことばありき」という聖書のことばは暗示的である。

数、数字は、強《し》いて言えば、ことばに含まれるが、もともとは意味より論理をあらわしている点で、別格のことばである。昔の初等教育は〝読み〟〝書き〟〝そろばん〟の学習を目ざした。読み、書くのは、いわゆることばの範囲だが、そろばんの数はやはり格別な扱いだった。このごろのこどもはすこし違うだろうが、かつてのこどもは、数そのものについてはほとんど何も教わらなかったと言ってよい。

幼い子は、指折りかぞえることで数を覚えた。〝屈指《くっし》〟というのは、指を折ってかぞえることから、優秀な五人以内の人を意味するようになった。片手ではすまなくなると両手の指を使って数をかぞえる。イチ、ニ、サン、シ、ゴ、ロク、シチ、ハチ、ク、ト。これではいかにも語呂がよくない。日常の当用としては、ヒ、フ、ミ、ヨ、イ、ム、ナ、ヤ、コ、トオが用いられた。ものをかぞえるときには便利だが、ひとつひとつの数は独立しにくい。「タマゴひとつ」を「タマゴヒ」と言うわけにはいかない。屈指の数は十どまりである。

古くは、十まで達しないで、もっとも大きな数は八であったらしく、八百万《やおよろず》は、あとから百万をつけ足したもので、八が最大の数であったことを示している。八百屋というのも、八の方に意味がある。十百屋ということばは生まれようがない。

心理学でかつてマジカル・ナンバーということを言った。マジカル・ナンバーは七である。オハジキを卓上に投げる。一つ、二つなら、とっさにわかるが、数がふえると、はっきりとらえられない。一度でわかる限度が七で、オハジキを投げ散らしても、七コだとわかる。ところが、八コだとわからなくなる。七は同時認識の限界を示していることになる。

八はマジカル・ナンバーの七より大きい数である。これが「多」という意味を帯びるようになったのは偶然ではあるまい。

数は大きい方がよいとは限らないのもおもしろい。技能の格付けなどで、一級、二級、三級から十級まであるとすると、もっとも秀れているのは一級で、十級は最下である。しかし、その一級の上は初（一）段。その上は二段、三段と数が多くなるほど上位となるが、かつて八段どまりであった。囲碁、将棋などで八段を超える力をもつものがあらわれて、九段が生まれた。その勢いで十段もあることになる。それを避ける方便として、名人やそれに類する称号ができた。やはり八が基準である。

ケタ違いの数というのは、もともとがそろばんから生まれたことばであって、一、十、百、千、万とのぼっていく。原初的には、マジカル・ナンバーが示すように十以内が重要であったらしいが、ケタごとにその複数ができているのが注目される。

一一（いちいち）

十十（ジュウジュウ、重々）

百百（もも）
千千（ちぢ）
万万（ばんばん）

ほかに、三三（さんさん）、五五（ごご）、百千（ももち）、千万（せんばん）などのコンビネーションもある。

昔、モモチドリという鳥をたしかめようとして苦労した学者がいたという話がある。このことばは百千鳥と書き表されるが、

百・千鳥
百千・鳥
百千鳥

の三通りに解して、百千鳥という種の鳥がいることをたしかめようとしたのが故事にあるが、前の二つと解することもできる。古人は百一字をモモとよんだが、後に、百々と書きあらわされるようになった（私の本籍の地番は〃百々十九番地〃である。モモ十九番地とよんだ。土地の人はこれがどういう数であるか知らなかった。モモ十九番地は百十九番のことであろうか）。

年齢も数字である。こどもは早く大きくなりたい。昔は数え年だったから新年が改まると一斉にひとつ年が上がる。それで、「もういくつ寝るとお正月」をうたって新年を待った。大人は年をとるのをそれほど喜ばなくなるが、まわりで、六十歳は還暦《かんれき》、七十歳を古稀《こき》、七十七歳を喜寿《きじゅ》、八十歳を傘寿《さんじゅ》、八十八歳は米寿、九十歳を卒寿《そつじゅ》、九十九歳を白寿《はくじゅ》といって祝福した（七十七を喜寿というのは「㐂」になるという文字の遊び、傘寿も卒寿も「仐」「卆」による。白寿というのは百の一を取ったということで、いかにもこどもじみている）。

✣

数は小さいより大きい方が好ましいという気持ちは昔も今も変わらないようである。昔の軍記物語を読むと、目ざましい軍勢があちこちで戦っている。三千騎などというのは大軍の中に入らない。三万騎と八万騎が合戦をすることもある。ときには三十万騎という大軍があらわれたりする。そのころの日本の人口はおそらく一千万くらいだったと思われるから、三十万というのは明らかに誇大である。作者は大国、中国にひけをとらないようにと色をつけたのであろうが、すこし潤色が過ぎる。実際は百単位の合戦だったと想像されるが、それでは話がおもしろくならない。

ケタ違いの誇張によって景気づけるのが物語である。読む側も、うすうすウソと感じても、目くじらを立てることもない。むしろ数に酔う、というところもあったのであろう。針小棒大《しんしょうぼうだい》は庶民の好むところ、そんなことをあげつらうのは野暮《やぼ》とされよう。

誇大数字の妙は昔だけのことではもちろんない。戦後、五月一日のメーデーが年中行事になり、大勢の人が集まって気勢をあげるお祭りのようであった。ニュースになるが、主催者では十万が参加したと発表すると、警察が同時に、二万とか三万と、びっくりするような小さな数字を発表する。

どちらが正しいか、と本気になって考えるお人好しはすくないらしく、この大きな食い違いを問題にする声も聞かれず、年々、同じような発表がなされていた。それが二十年くらい続いたように記憶するが、ニュース制作側が、厭気《いやき》がさしたのであろう。主催者側と警察の人出の数字の公表をやめてしまった。二つの数字の違いに馴れた一般は、それをむしろ寂しいと感じたものである。

主催者側の数字が水増しであることは、当事者たちも承知である。実数ではなく、希望的数字である。実際など問題ではない、さかんな勢いを示せばいい。だいいち、不特定多数の人数をかぞえることなどできるわけがない。机上ではじき出した数字である。そのことは、警察側も同じである。実際にかぞえたわけではなく、なるべく小規模であってほしいという気持ちがはたらいた抑えた数字である。主催側の数字にウソがあるなら、警察側の数字にもやはりウソがあるはず。ただ、両者の心理は逆で、一方は、なるべく多くしたい、他方はすこしでも小さくしたいという思惑がある。真実は、両者の中間よりすこしすくないところにあると想像される。

アメリカ人は現実的である。野外集会などの参加者数をかぞえる方法を考えた。集会の上空にヘリコプターを飛ばして写真をとる。その写真の上で、一定の区画に何人いるか、実数をかぞえる。集合場所の面積をそれにかけると総数が割り出せるという寸法である。いかにも正確そうに見えるが、人ごみの密粗もあるし、正確な数を得るのは難しい。だいたい、千だとか万だという数をかぞえるのはまず、あり得ないことである。ことに移動する集団の数をおさえるのは至難のわざで、軍記物語の時代と現代のアメリカとでもあまり異なるところがない。

われわれには人数がすこしでも多い方をよいという気持ちがあるけれども、それをはっきり意識することはほとんどない。

✣

もともと数、数字は記号であって、それ自体には価値がないと考えるのが正しい。しかし、実際に使われている数字が、意味をもつようになるのは必然的である。

もっともはっきりするのが、選挙である。最高点は当選、次点は落選と候補者の運命を分ける。中選挙区制では、当選が複数あったから、最高点も次の得票も、ときには三番目、四番目も当選する。次点はその下である。小選挙区制になって、当選は一人、あとはすべて落選ということになり、数の力ははっきり上がった。これで、選挙は楽になったというので、選挙で苦労がすくなくなれば選ばれる人間の資質は低下するという道理が忘れられる。

小選挙区制へ移行するとき、もっとも熱心であったのはマスコミだったが、メディア人間は、数の力ということに敏感だったことになる。中選挙区制の支持者を〝守旧派〟などと非難したのは観念的人間の思い上がりである。

選挙に強いというのは票集めがうまいということで、不特定多数の中から支持票を獲得するのは、おそらく、もっとも難しいことのひとつであろう。そういう選挙によって支えられているのだから、デモクラシーは不安定にならざるを得ない。

はっきりした投票の理念などもち合わせる有権者は例外的であるから、わけもわからず選ぶ。ふざけたのは、英雄の名前などを書いたりする。それに比べたら、悪く言われる人気投票の方がずっとましである。関心のない人、ひねくれた関心をもつ有権者は、わざわざ投票に行かない。無党派といわれる人たちが、多いときには三割を超える。多くの選挙で、投票率が八割を超えることはまずない。

〝国民の声〟などと言われる世論調査もまた、数字のゲームに近い。回答率は必ずしも高くないが、それを不問に付して、賛成何パーセント、反対何パーセント、わからないは何パーセントというが、それが世論だ、とするのはすこし乱暴である。だいたい一般の人間はあらゆることについて、はっきり白とか黒とかの判断をもっていることは、強い個人的利害関係がないかぎり、まずあり得ない。問われるから、しかたなく、おざなりの答えを出すということが思いのほか多いのである。

先年来、もっとも強力な政治勢力は内閣支持率の数字だという冗談が広まっている。

首相がもっともおそれるのはこの支持率の低下で、退陣の引き金になりかねないほどの危険である。

空気、人気、世論などは本来、得体のしれぬもの。それを数字でしばったのは手柄であるが、その数字がひとり歩きして暴れると、手がつけられない。数が政治的に大きな力をもちはじめたのである。

✣

もともとは、〝おとなしい〟数、数字が、ものを言うようになったのは、なんと言ってもお金の世界である。

戦前のこどもは、小遣いをもらわないのが普通だったが、お祭りなど特別の日には、駄賃をもらうが、五銭どまり。それでふた色くらいものが買えた。そのころ、一般家庭では、十円札にお目にかかることはなかった。百円札はことばとしてのみ存在した。

戦争に負けてインフレになって、月給百円というのが珍しくなくなったと思ったら、あっという間に千円台をかけのぼって、千円台のサラリーマンが普通になる。昭和二十年代の後半になると、一万円のサラリーマンがあらわれる。いまは、初任給でも二十万を下らない。

数字が威張りだしたのは給与の振込みが始まってからであろう。現ナマを手にすることなく、銀行の口座へ入った数字をながめる、というようになって、金はたんなる記号となり、実感を失った。借金などもローンになれば気が楽で、どんどん借りるのが流行する。

金融ということばが、日常的になり、サラ金などが繁昌するが、金銭はいよいよ数字的になる。それを進歩と考える人もあるようだが、健全な生活感覚ではない。

国の財政においても、金というものが軽んじられる傾向がつよまる。庶民にとって、何兆円というようなカネは、まったく実感を伴わない。それをいいことにして、政治家がバラマキ政策をとって自分の選挙を有利にしようとする。〝入るを計って出ずるを制する〟などとは言っていられないから、どんどん赤字国債を発行する。そのためには紙幣を金貨へ兌換《だかん》するシステムをすてなくてはならないから、実際に廃止した。日本だけではない、アメリカもそうである。赤字財政は手のつけられないような規模になるわけだ。

最近、ヨーロッパで財政危機に陥る国があらわれて、赤字の数字が悲鳴をあげるようになり、アメリカもあわて、日本もおびえる世界恐慌が迫っている。その根本に、巨大化した数字のマグマがある。

デモクラシーは多数決という数の論理によって支えられているが、それを動かす財政もやはり数の力に左右される。その数字が個人の生活とは遠くかけ離れた次元にある危険を、いわゆる先進国も充分に認識していない。

数字も、百、千、万あたりまでは生活感覚でとらえられる。〝百万長者〟ということばは健全な数字社会の象徴であった。今どき、百万円はありふれた金額である。数字のインフレは経済のインフレと同じように、おそろしい混乱をまねくということを、現代は如実に示している。

これまでの人間は、数は大きい方がよい、多々益々弁《たたますますべん》ず、多ければ多いほどよい、のルールに引きずられていたが、そのリスクに思い及ぶことがなかったようである。そのことをいま、政治的、経済的混乱が浮きぼりにしているように思われる。

数字でも平価切り下げが必要であるかもしれない。

立場の違い

　ある人はよく本を出すけれども、かってその本を人に贈ったことがない。親しい友人などから「どうしてくれないのか」などと言われると、「君たちのようによく知っている人にはあげない。進呈すれば、〃どうだい、こんなもんだ〃とうぬぼれているように思われるのがオチ。それに、もらった本はおもしろくない。しかし受け取りの礼状くらいは書かなくてはならないから面倒です。そういう煩わしさを省くために、あえて本を贈らないんだ」といった言い訳をする。それで、あいつは変なヤツだということになっているようだが、本人は一向に平気で、何十年、自著を人に贈らない方針を貫いている。

　この人はまた、病気見舞いをしない。いっしょに見舞いに行こうと誘われたりすると、「そういう残酷なことはするにしのびない。わたしはひそかに快癒を祈ることにする」「そんなバカな理屈のあるわけがない」「いや、すこぶる誠実なんだ。自分が健康なとき、病気の人がいると、人間にはほのかな優越感がわいてくる。それを打ち消して快癒を祈るのです。わざわざ見舞って病人に淋しい気持ちをいだかせるのは酷です」「そんな話はきいたこともない」「いや、みんな己を偽っているのです」「ひねくれた考えだ。もっと純粋な気持ちで見舞っていますよ」「見舞いが純粋でないからこそ、花などを持って行くのです。とにかく、病人にとっても見舞いを受けるのは負担になります。重篤な患者は病院が面会謝絶にします。見舞いはすくなくとも自己満足のひそんでいることが多いものです」と言って、この超常識家は、〝おもしろい〟エピソードを話し出した。

それをかいつまんで紹介すると——

かつて京都でちょっとした交通事故があった。アメリカから留学してきている女子学生のバイクがトラックと接触、女子学生が負傷、入院した。この学生は事故は自分の運転が悪かったからだと反省していた。トラックを恨む気持ちはまったくなかった。ところが、何日かしてトラックの運転手が彼女を見舞いに行った。花かなにか持って行ったらしい。

アメリカ女性、それで、態度を一変、トラック運転手を訴え、裁判をおこした。裁判所は彼女の言い分を認め、運転手の敗訴になった、というのである。

これに対して異和感をもった日本人はすくなくなかった。ことに見舞いを悪く解釈したアメリカ人の心情に疑問をいだく。見舞いを好意のあらわれと考えないで、謝罪のしるしだと解したところに文化の差を感じた人たちは、見舞いを肯定しているからで、はじめのある人に言わせると、運転手が優者として負傷者を慰問した行動が彼女を怒らせたのだ、となる。自分のミスで負傷した人間に同情することはあり得ない。同情しているポーズを見せるのは偽善である。それに反発したアメリカ人学生のしたことは必ずしも不当ではない。心にもない見舞いはすべきでない、ということを教えた事件である、というのが、この奇人の理屈である。

見舞いに慎重なこの人は、よほどでないと、葬儀、告別式にも行かない。もちろん、差しさわりのあることもすくなくないが、当人、すこしもたじろがない。知人が亡くなる。あとに残った家族などは見たこともきいたこともない。喪主はあの人だろうと見当をつけて霊前にぬかずく。この人に言わせると、故人をしのび悼《いた》む心の隅に、いつも、自分は生きているという感情がうごめく。不謹慎だと打ち消すが、そういう気持ち自体を完全に否定することは難しい、できない、のである。香典をつつむのは社交的行為で、みずからの優越、幸福感の償いの心がある、というのがこの人の解釈である。

この人は医師に対しても偏見をいだいている。モンテーニュが、よく笑わない医師はよく治さない、という意味のことを言っているのにふれて、医師は笑わないもの、笑ってはいけないのだ、と考える。笑うのは患者を見下し、病苦を興味をもって見ている証拠だからだという理由である。

「どこも悪いところがない」のがまぎれこんできたら、医師は迷惑する。たいへんな状態でかつぎ込まれた患者には生き甲斐を覚えるのは決して間違っていない。ただ、患者と医師は立場が違うということを忘れる専門家がいるということは反省する要がある。

医学が多少、思い上がっているのではないかということが、新しくあらわれた。告知である。昔の医者は、胃がんを胃潰瘍と言い換えた。方便のウソで、医者には心理的負担になるが、病人は心の平安を得る。ウソだっていい、大したことはない、し言ってもらいたいのが患者である。

アメリカの医学が告知を正しいと言い出したのは、そんなに古いことではないようだ。日本へ渡来したのはかなりおそくなってからであるが、いまは、常識である。それに異をたてる医師はほとんどいないだろう。それにしても、病人にも告知をありがたがる人がすくなくないのは不思議議である。

「余命、あと◯◯日」などという宣告を平然と受けとめられるのは超人である。お互い人間として、いずれは死ぬものとは覚悟しているが、その日時がわからないから、勝手な望みをかけて生きられる。正確に死期が予告されて、人生は生きるに価するものなのか。われわれ人間は、死そのものより、死という観念をおそれる。

ところが、告知は、早々と、判決を下すものである。考えてみると人間は、生まれたときから死刑囚のようなものであるが、のんきに、生きていられるのは、刑の執行が当面、猶予されているからである。告知はそれを取り消すことだから、人生観を根底からゆさぶる。かけ出しの医師などが、軽い気持ちで告知するようなことがあれば、人道は抗議してもよいであろう。告知は医学本位である。人本主義からすれば、慎重論は当然である。医学は人間と対立的であるのか、連携しているのか。

✣

火事とケンカは大きいほどおもしろい。

けしからんではないか、という頭の固い人間もないわけではないが、たいていの人がそういう野次馬根性をもっている。自分にかかわりのある人のケンカ、知り合いの人の家の火災をおもしろがるのは人でなしであるが、どこの馬の骨かわからぬもの同士がとっくみ合いをしているのを遠くから見て心配する人がいれば、ちょっぴり人間ばなれをしている。延焼のおそれのある火事ならもちろん、そうでなくても、近い火事をおもしろがるのはモラルにかかわるが、対岸の火災なら、ボヤですぐ消えてしまったりしては惜しいと感じても不道徳とはいえないだろう。

昔から、この野次馬本能を満足させる必要があったにちがいない。いくら高みの見物がしたくても、そうそうケンカや火事があるものではない。不祥事はいつも不足していて、それで社会はなんとか安全平和なのであるが、野次馬根性のはけ口がないと、暴発のおそれがある。人工的に、偽モノのケンカ、火事、犯罪などこしらえて、それを見せものにこしらえることを考えた人たちは、社会心理的洞察があったのである。

人殺しの現場を見るなどということはまず経験できないし、実際の殺人などがあっては困る。芝居でニセ殺人をやらせれば、観客の野次馬根性、好奇心は満たされる。そういう背景をもって生まれた演劇はつねに反社会性を秘めているわけで、真面目な人たちから指弾を受けたり、官憲の取り締まりを招くことがおこるのは是非もないことである。

「イヌが人間に噛みついてもニュースにはならないが、人間がイヌに噛みつけば、ニュースだ」というのはアメリカのジャーナリズムで生まれた警句であるが、新聞記事は正常でないもの、誤ったものを売りものにしている。美談もときにはニュースになるが、とても犯罪、スキャンダル、災害ほどには読者を喜ばせることができない。新聞は認めないだろうが、戦争はもっともニュースヴァリューが高い。

イギリスは世界ではじめてジャーナリズムの栄えた国であろうが、初期、全ページを裁判の法廷の再現記事で埋めた新聞があった。それを現代のジャーナリズムが、なんと幼稚なと笑うことはできないだろう。

読者の求めているのはいわゆるニュースのほかに、自分では見ること聞くことのできない〝ひどい話〟を代わって〝スクープ〟してくれることである。記者はニュース・ソースを明かさないでよい特権を与えられて、〝のぞき〟〝立ち聞き〟に類するニュースを集めるのだが、限られた時間内に、ネタをつかむことは容易ではない。取材は限られる。記者クラブをこしらえて、そこからニュースを頂戴する。各紙同じような紙面になるのは是非もない。

〝知る権利〟をふりかざす新しい読者も、公表報道に疑問をいだかないからマスコミも助かっている。〝知る権利〟に対して〝プライバシー保護〟が制度化されたから、ニュースがおもしろくなくなるのを避けるには、新しい知恵がないと報道は源泉を失いかねない。

裁判員制度が導入されることになったとき、きわめて多くの人が、選ばれたらどうしよう、どういうケースなら辞退できるのか、などと心配した。よくわからないことに対する不安もあるが、裁判に対する異和が強かったのである。

といって、裁判がきらいだというわけではない。もちろん、自分のかかわる裁判は論外だが、他人の裁判ならおもしろいし、関心をもつ。評判の事件の裁判となると、傍聴券を手に入れるために、あまりかかわりのない多数の人が早くから列をつくるらしい。もの好きであるとか、野次馬的だといってはいけないが、あまり違うところはない。

傍聴券をもらいたくて長い列をつくるような人なら、裁判員にしてもらえたら喜んでもよさそうなのに、そうではない。やはり、裁判員はいやだという。〃無責任な傍聴はおもしろい〃が、法廷の構成員になって、責任を負わされるのはいやだ、おそろしい、というのである。野次馬はいいが、証言者にされては困る、という気持ちは人みな共有するのであろう。

当事者にはなりたくないが、非当事者として、傍観、傍聴するのはおもしろい、たのしい。人間はそういう習性をもって生まれてくる。〃する〃より〃見る〃方がいい。スポーツではプレイするのは楽ではないけれども、観る人は、興味がある。選手が苦しめば苦しむほど観客の喜びは大きい。その償いとして、観客は金を払う。プロ・スポーツが成立する基盤もまた野次馬的愉快さにある。

事件は、スポーツと違って、当事者による決着がつかないから、第三者の裁定が必要になる。原告、被告が当事者で、裁判官、弁護士は第三者の立場にある。この第三者的役割は、たいへん刺激的であるが、責任を伴っていて、おもしろさに水をかける。傍聴者には責任がないから、裁判を鑑賞することができる。見せものなら、入場料をとるのが妥当だという考えも成り立つが、そうならないのは社会の良識かもしれない。裁判員は、傍聴者と違って、第三者の端くれである。責任が生じる。責任のあることがおもしろいわけがない。いやなこと、苦しいことの方が多い。その償いとして報酬を出して報いるのである。

近ごろ公立学校の教頭、校長になることを嫌う教師がふえて人材が確保できなくなっているというのが話題であるが、おどろくことはない。管理職というものはそれ自体たのしいものではない。それを補償する管理職手当の額が微々たるものであるばかりか、教頭の手当は召し上げられるという話である。そんな分のわるい仕事をしようとするのは変人である。いつの時代も、変人は常人よりすくないから、変人を助成する方策があるのだが、それがなくては、当事者になろうとするものが減るのは理の当然である。傍聴者にはなりたいが、責任を伴う当事者の端くれになるのはごめん蒙る。引き受けるのなら、それ相応の補償をしてもらわないと困る。

判事、検事、弁護士はそれぞれしかるべき報酬を得ているからいいが、わずかな日当くらいでは、責任を負わされてはたまらない。そういう庶民の感覚は健康で、すくなくとも頭の硬化している専門家よりはずっと人間的である。

裁判の原告、被告は当事者で、判検事、弁護士は第三者である。裁判の傍聴人はその外側の存在だから、強いていえば、第四者である。裁判はきびしいものであるが、それは当事者と第三者までのことで、それとは無縁の第四者の立場にある傍聴者にとって、裁判は一転してたいへんおもしろいものになる。

第三者のことを文法の用語を借りて、第三人称（存在）と言うならば、高みの見物の第四者を第四人称と呼ぶことができる。

世の中は、第一、第二、第三人称人間によって動いているけれども、それを局外から見てたのしむ、第四人称を容認するのは、文化成熟の証であるといってよい。娯楽というものは多くこの第四人称人間によって成立する。マスコミはそのことを片時も忘れてはならないはずだが、いたずらに第三人称圏へ引き込むことが、受け手をとらえる途のように考えているらしいのは不思議である。

第一人称と第二人称とは対立関係にあるのが正常で、一方の正は他方の不正となる傾向がつよい。その相対性を止揚するのが第三人称的存在であるが、その仲裁、裁定はきわめて困難な判断を伴うのが普通だから、すくなくとも、おもしろい仕事ではない。そういう心理的圧力の及ばない第四人称の世界は、第三人称までとは逆の論理がはたらく。第三人称世界ではマイナスであったものが、第四人称世界ではプラスに転ずるのである。

そういうこともあり、われわれ人間は、意識するとしないのとを問わず、つねに、第四人称を志向しているように思われる。当事者、第一、二人称であるよりは第三者的人間であることを求める。その第三人称もなお相互関係から完全離脱しているわけではない。

野次馬的第四人称においてのみ、たのしさ、おもしろさを経験できるというのは因果なことだ。

強者・弱者

　文学史を見ると、はじめから終わりまで、作者と作品名ばかりが並んでいる。古い時代には、作者名の不詳のものもあるが、たいていは、はっきりした作者がある。

　それに対して、おかしいと思う人がこれまでなかった。なんのことかと言うと、読んだ人のことは、一行だって出てこない。これは、世界のどこの国の文学史でも共通している。つまり、文学作品は、作者と作品によって成立していて、そのほかのものは問題にしない。

　読者が無視されているのではない。数が多くていちいちとりあげられない。それに読者ははじめから名前を名乗って読むのではない。歴史上に姿をあらわさないのは、むしろ当然である、などと言うつむじ曲がりもあるかもしれない。こういう人は、とにかく、読者の存在を認めるだけ、〝新しい〟のである。

ほとんどすべての人が、文学作品、文学史を読むときに、〝読者〟を意識することがまったくない。

文学が歴史をもつようになるのは、ナショナリズム、歴史主義があらわれてからである。自分の国に昔、どういう本があったかに関心がもたれるようになるには、民族的自覚が必要である。そういう興味をいだく人たちは、時代をさかのぼって古い時代の作品を発見することを学問であるように考える。すこしでも古ければ古いほどよい。それを誇りとするナショナリズムはどこの国でも見られる。

比較的はっきりした形でそれがあらわれたドイツでは、十八世紀に文献学が生まれた。文学研究の方法が始まる。

文献学は徹底的に原形探求を目的とする。作者自筆の原稿があればそれが、なければはじめて版本になった、後の初版本のみ価値のあるテクストであると断定する。いわゆる流布本は悪しきテクストとして葬られてしまったのである。ここで読者不在の伝統が確立する。読者の参加がすくなければすくないほどよいとすれば、原稿がもっとも純粋なテクストであるのは明白である。作者から離れれば離れるほど、テクストは〝乱れ〟、価値を失っていく、とする文献学によって、〝読者〟は抹殺されるのである。

文学史は文献学を支える歴史主義に根をおろしているのだから、読者を問題にしないのは合理的なのである。日本では、明治の終わりに近く、芳賀矢一がドイツから文献学をもちこんだ。これが日本の国文学研究の基本となって今日に至っている。そのために、文学作品はおもしろいが、文学研究は、砂をかむように味気ないものになってしまった。葬られた〝読者〟の怨念によると言ってもよいかもしれない。

ヨーロッパでは、十九世紀に印象批評が流行して、文学はいくらか、おもしろさをとりもどしたが、なお、批評というものが、作者側にそって行なわれるなど、文献学から足を洗うには至らなかった。

夏目漱石は、文学とは何かを問うことによって文献学のしばりからのがれようとし、いくらか成功したかに見えたが、なお、読者の重要性をはっきりとらえていなかったように思われる。

それをさらに一歩すすめたのが、イギリスのI・A・リチャーズである。漱石とはまったく関係なく、独自の方法によって文学の本質に迫ったが、漱石との共通点はおどろくべきものがある。漱石が、心理学と社会学の視点からアプローチしたのに対してリチャーズは心理学と生理学を武器として文学に迫った。

そういう形式的類似よりいっそう注目すべきは、そういう文学以外の視点をとることの中に、読者の存在が顧慮されていたことである。すべてを作者によって決するのではなく、受容者の反応に、作品のいのちがあるという洞察は、アリストテレス以来、はじめてであると言ってよい。

近代読者は、漱石、リチャーズによって、代弁者を得たことになるが、なお、不充分であった。両者とも、はっきり〝読者〟を措定《そてい》してはいない。読者は、世を忍ぶ状態から解放されていない。作者が強者だとすれば、読者は弱者である。しかし、弱者にも存在権はある。それに対して知らん顔をするのは不当である。

私は、昭和三十年代はじめから、読者の確立を目ざして、読者論の考察をはじめた。外国にも例がないという理由で黙殺されたが、十数年後、ドイツ・コンスタンツ大学の受容論があらわれると、わが国でも共鳴するものがすくなくなかった。ただ、私の読者論に目を向けるものはなかった。弱者の読者をもり立てようという人間だから、無視されるくらいなんとも思わない。遠い未来、弱者の読者が、強者の作者を走らすようなことになる可能性を信じている。

先年来、本が読まれなくなった、とか、本離れが進んでいるなどと言われ、出版界が騒いでいるが、弱者が強者を食おうという異変のはじまりではないかと注目している。弱者が強者をおびやかすのは、社会の発達にともなう必然の現象と考えるからである。

✣

いまの出版界は、産業としては、もっともおくれた発達段階にある。出版社は作者とともに強者であると信じているが、それだけ時代おくれだということになる。流通経済において、生産者が消費者に対して既得権的に優位に固執するのは、みずから弱者であることをカムフラージュするものでしかない。

いま再販価格維持制をとっているのは、新聞、雑誌、書籍くらいである。つまりメーカー側が価格決定権をもっている。一見、強者のようだが老衰した強者であるから、再販制で守ってもらうということだ。半分、弱者になった強者である。業界は弱者の消費者研究と真剣に取り組まなければ、将来が危ないだろう。

一般の経済学はずっと生産経済学である。本格的な消費経済学があるということは寡聞にして知らない。

工業、製造業が発達していない段階では、ものはつねに不足している。ほしい人は、売り手のつけた値で買うほかない。買いに行くのである。売り手市場（セラーズ・マーケット）である。こういう状態がずっと続いてきた。明らかに消費者は弱者であった。

工業の発達に伴い大量生産が可能になると、生産者の立場は弱くなる。造ったものが売れないと在庫になる。それを避けるために売り込みの販売活動が必要になる。供給が需要を上回る買い手市場である。そこで消費者は弱者でなくなる。

もっとも、どこでも、買い手市場があらわれるわけではない。大量生産技術が高度に発達したところでのみ、売り手市場から買い手市場への転換がおこる。社会全体としてその変化がおこったのは二十世紀になってからのアメリカである。消費者が強者になった最初の国であると言ってよい。メーカーが〝消費者は王様〟と言うようになる。生産に対して販売が重視されるようになり、セールスマンという職種が急速にふくれ上がる。

製造・生産も決して容易ではないが、多く機械によることができるようになったが、セールスは人間によらないとなにもできない。いまの販売にはまだ未熟なところが多いから、〝王様の消費者〟の心をとらえるノウハウをもっていないのが普通である。競争がはげしくなると値下げ競争を展開するほかはなく、利益なき繁忙を招くのである。

消費者もまだ、王様らしくない、幼い王様で、しっかりした判断力を欠いているから、勢い安いことはよいこととなりがちである。これが粗製品を生み、生産者の地位を下げることになる。若い王様はなかなか賢くならないから、混乱がおこるのはやむを得ない。周期的に不況に見舞われるのも、需要喚起の方策が欠けるからで、消費経済は景気変動のメカニズム、その波動の習性についての研究を深めなくてはならないだろう。

売り手市場では供給側が強者で、価格決定権は生産者がにぎっている。買い手市場では、消費者が強者だから、当然、価格決定権は生産者から消費者へ移らなくてはならないが、実際にはすんなりとは進まない。アメリカのまねで始まった日本の消費者革命は、いろいろと不備が多くその名を辱めるものがある。

一般の消費者はなお、生産経済学の世界に安住してるから、理屈の上では価格決定権が自分たちの手に移ったことなど知るものはすくない。つまり弱者でありつづけているのである。

価格決定権などを本当に行使することができるようになるには、消費者にはそれなりの勉強が必要である。もらっているものはカネだけというのでは、とても王様になれないし、なっては困る。

生産者、供給側にしても、充分に賢くない。どうしたら、あまり行儀のよくない、成り上がりで幼い王様と付き合っていけるのか、考えることもすくない。難しい国内の王様を相手にするより、輸出に生きることを考えて、貿易立国が始まった。外国の消費者は国内の客より扱いやすいように考えるのは、これまた素朴でありすぎる。貿易においても、消費経済学的知見の確立は不可欠である。

資本主義社会では、金を出すものが強者になり、金を受け取る側が弱者になる。コンシューマリズムは必然である。経済学はともかく、ひとりひとり、自己責任で、弱者になり、強者になることに馴れるまでに、なお、多くの曲折を覚悟しなくてはなるまい。

本が読まれなくなった、というのも、文化現象であると同時に経済現象でもある。著者、出版社、書店は、新しいビジネスモデルをつくり上げなくてはならないだろう。

✣

遠い外国のことはよくわからない。新聞やテレビ、雑誌もあまりよくわかっているようではないらしい。それでも欧州の経済危機は深刻で、ギリシャが破綻しかけているとか、イタリアにはもっと厄介な問題があるなどときくと、対岸の火事とは言っていられない気がする。

そこへもってきて、アメリカが先ごろデフォルト（債務不履行）寸前にまで追いつめられ、アメリカの国債がはじめて格下げられた、というようなことを知ると、さすがに心配になる。なにしろ、日本は先進国中で、赤字国債がとび抜けて多いだけに、ひとごとではない。

どうして世界中、というより一応、近代国家の体をなしているところが申し合わせたように経済的危機に見舞われるのか、考えないわけにはいかない。

どうも原因は民主主義にあるらしいが、なにしろ錦の御旗のデモクラシーで、それをとやかく言うのはタブーである。しかし、本当のことを見て見ないふりをするのは誠実ではない。

デモクラシーは総選挙制度の上に立っている。成年に達した住民、国民のすべてが有権者として、一票を投ずる資格をもっている。有権者のすべてが納税者であることはできない。低所得者、失業者、無職など国の財政に寄与しない有権者がどんどんふえれば問題である。多数を占めるまではいかなくとも、大勢力である。選挙を受ける人たちにとっても、無視できない存在である。次の選挙に落選の憂き目を見たくなかったら、この層に向けて〝ばらまき〟政策をとらざるを得ない。これは、国と地域を問わない。ヨーロッパもアメリカも、そして日本も、そのために財政赤字がどんどんふえてきたのである。

これにノーと言うことはだれにもできない。増税の必要はみんなわかっているが、選挙を考えれば、先のばしが賢明だとなって、赤字が雪だるま式に大きくふくれ上がるのである。〝ばらまき〟政策をとっている政治家は公費で自分の選挙運動をしているようなもので、黙って見ているのは寛大さではなく、怠慢である。

もともと、一般国民は政治や行政に対して弱者の立場にあった。民主主義が導入されると、多数は力なり、さらに、多数は正義なりとなりかねない。多数はもはや弱者なんかであるはずはなく、主権在民で強者である。この強者を疑うことは許されないから、民主主義はしばしば危うい基盤の上に立たされる。マスコミはその時々の政府、政党の支持率を公表するから、うかうかしていられない。

税金を払わない有権者の率が高くなればなるほど、財政基盤は弱まり、社会の活力は損なわれる。企業は、国内のコスト高を嫌って、海外投資、工場建設に走り、国内の経済の空洞化に拍車がかかる、というわけである。

〝多数は正義〟という考えは、〝多数は力〟という命題の上に立っていることがしばしば忘れられる。少数に正義はない、のか、思いつめると過激思想が生まれ、暴動がおこるようになるかもしれない。

汗水たらして働いている人が、福祉の手厚い保護をうけて生きる人たちとまったく同じであるというのは悪平等ではないかという疑念が生じれば勤労意欲を低下させる。先進社会が新興国におびやかされるのは当然である。

弱者の強者化は政治においてもっとも速やかに進んだ。文化はもちろん、経済における同種の変化と比べて際立っている。

選挙が納税と無関係に行なわれれば、選ばれた政治家は国の経済的破綻より自らの落選をおそれるようになる。世界の民主主義国が、こぞって赤字財政に苦しむのは決して偶然ではない。

ことに日本人は納税意識が低い。払わなくてはならない税金をいかにすくなくするか、節税という脱税が罪悪感もなく横行している。何ごとによらずルーズであるように思われているアメリカが、税に関しては比較にならないほど厳しい考えをもっていて、脱税はしばしば社会的生命を失わせる。

そのアメリカにおいてさえ、強者になった弱者に苦しまなくてはならないのだから、デモクラシーの経済は当面、最大のモンスターということになる。それとうまくわたり合える政治家は国際的にもいないのではないか。新しいリーダーシップが求められるが、どうしたらそういう人物があらわれるか、見当もつかない。

名もなき弱者が認知されるのは喜ぶべきであるが、多数となり強者になったあと弱者はどうすればよいのか。それを考えないと、デモクラシーはもたない。

英雄崇拝

戦争をして負けた国は二度と戦争はすまいと決心する。しかし、それを何十年も堅持することは、人間業ではない。戦争がしたくなるのではないが、みんな平等で自由で平和に生きるのが、こんなに退屈で、息苦しいものであるとは思ってもみなかったという人間がふえる。いくらがんばろうと思っても、沈滞の空気がただよい、閉塞感に苦しまなくてはならなくなる。社会全体の活力が衰えて不況になる。現状打破しか前進の途はないということになって、宗教に心を向ける。苦しいときの神だのみ、神なら、このもどかしい社会不安をなんとかしてくれるのではないか。そういうように願う善男善女は、昔に比べると、ずっと減ってしまっている。神を信じることができなくなると、政治に救済を求めるようになる。

頼る政治を動かす政治家、官僚は、俗世の神である。代用神は本モノの神に比べると、ずい分お粗末な存在だから、助けてくれと言われても、救いの手をさしのべる用意がない。ひとのことなど構っていられない。次の選挙に落ちれば、タダの人になってしまう。まず自分の延命を考えるのが先決だから、代用神になるのはあとまわしとなる。中にははじめから、エラクはなりたいが、神さまの代用なんて柄でもない、という謙虚な人もすくなくない。選良というけれども、選出された政治家の平均的人間性は有権者のそれとそれほど大きな差はない。これでは、苦しみ、退屈し、失意の中にある一般の人たちは満足できない。もっとすぐれた人があらわれてほしい。ひそかにそう待望する。鬱積すると、おそるべき力をもったマグマになりかねない。社会的危機である。

第一次世界大戦で大敗したドイツは、ワイマール憲法をつくって、平和、民主、平等などを誓った。理論上は非の打ちどころのないモットーであるが、実際に平和というものはあまりありがたくない。権力者支配から脱して、自らによって政治を動かす民主主義も、然るべきリーダーを得るのが難しいことがわかってくる。自由も不自由があってはじめて価値がある。自由の中で自由はすこしもおもしろくない。人びとは平和に倦み、自由に食傷して、現状打破を望むようになった。国民の多くが、ひそかに英雄を待望していたのである。この際、現状の沈滞、閉塞を打破するものは善である。それをなしうるのは、英雄である。英雄よ、あらわれよ、という空気の中で、ヒットラーが出現した。人びとは、これを英雄ときめた。ヒットラーは労せずして独裁者の地位を与えられた。もともと独裁者は一種の宗教性を帯びているから、一般の人間からすれば、神に近い存在のように感じられても不思議ではない。実際、ヒットラーは半神的存在となって、二度目の大戦へドイツをまき込んだ。人類に対する犯罪だ、と戦後、戦勝国がドイツの指導者を断罪したけれども、個人の責任ではなく、社会の、人間一般の英雄崇拝の心情によって引きおこされた悲劇であったことを見落とした。どこの国においても、条件がととのえば同じことがおこらないという保証はない。

日本も大戦争を始めて、みじめな負け方をした。もう戦争はこりごり、二度としないという戦争放棄を内外に宣言したが、とりたてて言うほどのことではない。ケンカに負けたのが、またやるぞなどと言うわけがない。出まかせの願いである。困難な事情が錯綜する世界情勢の中にあって、永世戦争放棄を宣言するには並々ならぬ覚悟がいるはず。そこまで思いつめないで平和宣言をするのは、自他を欺くものだと考えられないこともない。

平和主義によって、日本が得たものもすくなくない。国防軍事費も抑えることができて経済的発展をとげることができた。もっとも経済発展が平和憲法のおかげだとするのは皮相な見方である。敗戦国は必ず復興し、戦前の域を超える発展をとげるのが、おきまりのことで、下世話に言うと火事のあとの焼け太りと軌を一にする。

しかし人は、パンのみによって生きるのではないのも事実である。食べものに困っているときには、パンならなんでもありがたいが、すこし腹がふくれると、うまいパンでも手が出なくなる。ぜいたくになる。そして、怠けがちになる。社会的活力が衰退するのは自然、当然のことになる。不況、不景気、沈滞、閉塞感が社会を包むようになる。ここ二十年の日本は、ゆっくりその転落の道をたどってきたのである。

戦争はしない、攻められたらアメリカに守ってもらえばいい、そういう気楽な国の政治家がりっぱになることは難しい。選挙で選ばれればエリートである。金まわりもよくなる。ほどほどに威張ることもできる。出世コースとしては悪くない。親なら、子に地盤をゆずりたいと思うのは当然である。選挙のとき投票用紙に書きやすいようにと、こどもに一郎とか太郎という名をつける。そういう例が多くて、二世、ときには三世議員がふえる。

世襲の政治家は、すぐれた能力をもっていることが多く、人間的にも充実しているが、かなしいことに、苦労が足りない。失敗をおそれ、評判を気にする。競争でもまれることがすくない分、お人よしで、根性がすわっていない。そういう政治家が多くなると、場当たり的、人気取りに走る。福祉は大切にするが、増税からは逃げるという、不健全財政を善政だと勘違いするようになる。

早々とそういうリーダーに愛想つかしをしたのは、無党派層と言われる人たちで、政治をボイコットするが、それ以上のことはせずにムクレているだけである。彼らは社会の閉塞感を拭い去るのではなく、逆に、不安定を強調する役割を果たしている。

こうして、一般の人たちの間に、英雄待望の機運が高まってくる。頭上の暗雲を吹き飛ばしてくれる勇士はいないか。そういう雰囲気は危険であるが、どうすることもできない。ガス抜きをしないと危険であることをお互いに考える必要がある。

先ごろから注目されることがおこっている。大阪府と大阪市をいっしょにして大阪都をこしらえ二重行政を解消するという主張をもって、府知事を中途辞職、大阪市長選に打って出て、まんまと当選するという異色の政治家があらわれて、天下の耳目を集めた。

ずいぶん乱暴なことを言って市長になった本人は、独裁者と呼ばれても一向に動じることがなく、むしろ、喜んでいるといった風である。新市長は、国民、市民の間にある破壊的創造を求める機運をしっかりとらえて、それに乗ずる形で選挙に勝利をおさめた。

有権者たちは、意識しないかもしれないが、英雄があらわれたことを喜んでいるのであろう。英雄が乱暴で、破壊的で、ちょっぴり創造的であることを、新市長は実演して見せなくてはならず、ご苦労なことであるが、時勢の要請を受けているのだから政治家の冥利につきると言ってよい。さっそく中央の守旧政治家が秋波を送っているという報道がある。さすが政治家で、こういう社会の動向に敏感であることを示したと言ってよい。

関東に比べて関西人の方が社会的成熟度が上である。人間を見る目も東京の人間よりもしっかりしている。だまされにくい。

近年、手がつけられないほど広がっている振込め詐欺にしても、首都圏の被害がしび抜けて大きい。関西はひとケタすくない、と言われる。

大阪で英雄待望がはっきりした形をとりはじめたということは、偶然ではないように思われる。東京人は、おっとりはんなり、である。
ただ、英雄待望は一種、自然現象のようなもので、それ自体、自慢すべきものでも非難すべきものでもないのである。たいていの人間には、英雄を求める気持ちが眠っている。ただそれを自覚することがすくないだけである。

✣

人間は生まれてから死ぬまで、ずっとほかの人の中で暮らしている。いつも仲間があり、競い合う相手がいる。そういう他人は、同志というよりライバルであることが多い。負けたくない、おくれをとっては口惜しい。そういう気持ちから自由になるには、ずっと人並みはずれた存在がほしい。そうは言っても、なかなかそんな存在はないから、〝神〟というものをこしらえる。想像上のフィクションで、実在しない。神と競争しようと考える愚かものはいない。ただ、あがめ崇拝することができる。人間は神によって浄化される。ありがたい存在である。

ただ、神はあまりにも遠い。フィクションだからしかたがないが、手ごたえというものがない。偶像は生きていないから張り合いがない、などと不満をいだく衆生が多くなるのである。

あの世にいます神の代用がほしいと無邪気なものが、神の代理、サブ・ゴッドを求める。求めるものは与えられるのが世の習わしである。ときどき代用神としての英雄があらわれる。これは実像だから、人間としての善悪もろもろのことをする。本当の神は非の打ちどころがないが、英雄という代用は、あれこれ欠点があって、よからぬこともするから、おもしろい。失脚したりすればいっそう愉快である。まったくの不死鳥、というのでは代用神として失格である。ほかに文句のつけようがないと、〝英雄、色を好む〟などと言って溜飲を下げる。

世の中が狭く、情報のすくない時代、社会はこのセミ・ゴッドを見つけるのに苦労したはずである。もっともわかりやすいのは、戦いに勝ったものを英雄にすることである。これまでの多くの英雄が武力闘争の勝者であったのは是非もない。いくら学問、芸術においてすばらしい業績をあげても、英雄にはなれない。それだけ、世の中が、非文化的であったことになる。戦争なら、だれにも、勝ち負けがわかる。たいてい強いのが勝ち、弱いのが負けるから、あれこれ考える必要もなく、ただ、勝者を礼賛していればよいのだから、気が楽で、英雄崇拝は代用宗教の性格を固めることになる。

戦争は不善であるという思想が広まると、英雄の出番はすくなくなる。代わって登場するのが平和の戦士、政治家である。しかし、政治家は本当の闘争の勝者ではないから、優劣を決めかねる。それに数が多すぎる。英雄は希少価値がなくてはいけないが、政治家は、国家、社会が進化、発達するにつれて、その数を増すことになる。何百人もいる国会議員が、いくら〝選良〟などと言われようと、希少価値に欠ける。一般大衆もこれを崇拝するのを潔しとしない。

デモクラシーは政治家より有権者の力を信用するから、政治家が英雄になることのできる可能性はいよいよ小さくなる。有権者が支持率という数字で具体的になるに及んで、政治家よりも得票数が強力な存在になって、政見、政策よりも支持率の数字の方が有力な政治勢力になり、その変化に政治家は振りまわされるようになる。多数は擬似的英雄になろうとしているのだが、数字は失敗しないから、崇拝の対象となりにくい。つまり、政治家がおしなべて小粒になり、人びとの尊敬に値しない存在に、頼まれもしないのに、なりつつある。

一般の人間は、崇拝する対象をつぎつぎ失って不幸である。自然発生の英雄を待ってはいられない。戦争は大悪とされているから、武勲によって英雄であることは難しいし、金もうけがうまくて富豪になった人間は、ねたましくはあっても、崇拝できる英雄とは言いがたい。あまりにもめぐまれているというのは、英雄にとって致命的欠点になる。

学問、芸術における巨人はすばらしいが、欠点のないところが欠点で、不幸、病苦に見舞われると、急にえらい人のように思われる。概して、崇拝したくなるような文化人がすくないのは、文化的水準の高い社会の泣きどころのひとつである。

英雄は神と違って、転落する。すくなくとも転落の可能性をかかえていなくてはならない。学芸における巨人にはそれが欠けているのである。

しかし、人びとは、英雄を求める。なければつくる。スポーツは一種の争いであるから、英雄を生み出す温床になり得る。どんなに強い選手も不敗というわけにはいかない。いつか、必ずライバルに負ける。引退もある。名選手が英雄になる資格は充分である。

物語の主人公を〝ヒーロー〟という。英雄というのと同じことばである。これは、生身の英雄が不足しているから、虚構でもって代用をつくり上げるのである。これによって英雄崇拝の心理を満足させている人間を、おしなべて蒙昧であると考えるのは不当である。社会的効用を見落としてはならない。ただ、作者に英雄創造の覚悟がどこまであるかどうかが問題で、ただ俗受けするような作り話を、さも、芸術的であるように思ってもらってはおもしろくない。

いつの世も、英雄を求めて、満足できないでいる人がうようよしている。〝何かおもしろいことはないかなあ〟と思っている人たちの多くは、英雄を待望しているのである。

それにこたえるのが、近代ジャーナリズムであり、現代のマスコミである。おあつらえ向きのアイドルがあるわけではないから、変わり種に肩入れしてタレントにし、読者に提供して商売にする。プロ・スポーツの選手は、そのアイドルになろうとして目の色を変える。

俳優も、この擬似英雄としての役割が与えられて、社会の上層部にわり込んだ。ひと握りの俳優は、死ねば、国務大臣よりもずっと大きく報じられる。会社の社長など遠く及ばない名声をもっている。若い人が、勉強などしないでタレントに憧れるはずである。

人間は英雄崇拝の本能（？）をもっている反面、その転落、没落を喜ぶ習性をもっていて、タレントや政治家のスキャンダルは第一級の特ダネになる。スネに傷をもつ小英雄気取りの政治家が、対策としてプライバシー防衛の法律をこしらえた。一般の人間は、よろこびの源泉のひとつを封じられて大いにおもしろくない。

では、独裁者歓迎といこうか、などとならない方がいい。

いまは本ものの英雄の出現が求められている。

〝てんでんこ〟――あとがきにかえて

文章を書く小さな勉強会で、メンバーのひとりが「震災てんでんこ」という文章を書いてきて発表した。〝てんでんこ〟という聞きなれないことばのためもあり、にぎやかなおしゃべりになった。〝てんでんこ〟はここでは、めいめい自由に、勝手に「逃げ助かれ」というニュアンスであるらしい。

大震災のあと、被災地で、こどもに防災教育が行なわれているが、この「震災てんでんこ」もそのひとつで、注目されているという。

大変なことになったら、とにかくめいめいわれ先に逃げなさい、うちにおばあちゃんがいる、助けなくてはと考えてはいけない、とにかく逃げなさい、というのは実際的で、わかりやすい。

それだけに、どこか、ひっかかるものが残るのである。こどもがお年寄りを助けようとしても、自分も命を落とすことになるおそれがあるし、とにかく、まず、自分が助かることをすべきだというのは、充分、正当である。けれども、どうもなにか欠けているのではないか、という気がするのが人情ではないだろうか。

川でこどもが溺れかけているのを見た人は、なにも考えず、着の身着のまま川へ飛び込んで救助しようとする。うまく助けられることもあるが、こどももろとも溺れて命を落とす、ということもある。そういうことを考えたら、飛び込めないが、とっさに助けようとする。そこに、理屈を超えた、人間的な美しさが感じられる。

〝てんでんこ〟には、その美しさがなくて、ひっかかる。まず自分のことだけを思え、ひとのことは二の次で、余計なことを考えるな、というのは誤ってはいないが、自分を犠牲にしてもひとを助けたいという気持ちは、人間の本能らしい。しつけられなくても自然に、危ない人を見れば、赤の他人でもなんとか助けたい、救いたいというのが人間的であるように思われる。

ところで近年、そうであるわけではないらしいと思わせるような、おぞましい事件がふえている。わが子を手にかけて殺す親があらわれた。ともに生きられなくなったのではない。じゃまになって、とんでもないことをする。身勝手である。

先ごろも、食べるものもなく餓死した親子があったが、まわりは気づかなかったらしい。溺れるこどもを助けようという気持ちの何分の一かでもあれば、なんとかなったのではないかと思われる。世の中は、だんだん、急速に、〝てんでんこ〟流になってきたのかもしれない。

自分のことだけを考え、ひとのこと、相手のことを無視する悪しき個人主義は、比較的に新しいもので、新人類の特性だとみてよかろう。自分のことだけしか見えず、ひとのことなどを考えないのは、人間ではなく、モンスターである。

そのモンスターの勢力が大きくなってきているのは、社会としても恥ずかしいことである。モンスターは助けることを知らないで、噛みつき、攻撃することに快感をもっている。そういうモンスターはまず、小学校にあらわれて、学校はそれに〝モンスター・ペアレント〟という名を奉って怖れた。やがて、病院にも〝モンスター患者〟、役所には〝モンスター住人〟が出没するようになった。

ひとのことなどかまっていられるかと、自分の気の済むようにならないと暴れだす。傍若無人。人間性の衰弱であるとしてもよいだろう。

〝てんでんこ〟はもちろんモンスターとは無縁であるけれども、自己中心的、他者軽視という点では通じるところがあるのではないか。とすれば、いまどき、ことに新しく、こどもに教えるまでもあるまい。そういうことを教えようとすること自体に、〝てんでんこ〟の思想が宿っているようにも思われる。

✣

本書は、芸術新聞社のWeb版（アートアクセス）で二〇一一年に十カ月間連載した十篇に、同社の書道雑誌『墨』に連載したものの中から二篇（「竜頭型・掉尾型」「完璧」）を加えてまとめたものである。私にとっては、もっとも新しく考えたことを収めている。

とくに読者のご賛同を得たいという気持ちはないが、いくらかでも読者の思考を刺激することができれば、それで本望である。

二〇一二年　三月　二十三日

外山滋比古

外山滋比古（とやま しげひこ）
1923年愛知県生まれ。英文学者、言語論者、評論家。1947年東京文理科大学英文科卒業後、同大学特別研究生修了。1951年雑誌「英語青年」編集長。東京教育大学助教授を経て1968年お茶の水女子大学教授。1989年同大学名誉教授。同年、昭和女子大学教授、1999年同大学退職。著書に、『少年記』（中公文庫）、『失敗の効用』（みすず書房）、『「マイナス」のプラス―反常識の人生論』（講談社）、『日本語の作法』（新潮文庫）、『思考の整理学』（ちくま文庫）等がある。

人間的《にんげんてき》

2012年　4月13日　初版第1刷発行

著　者　外山滋比古
発行者　相澤正夫
発行所　株式会社 芸術新聞社
　　　　〒101-0051　東京都千代田区神田神保町2-2-34
　　　　千代田三信ビル
電　話　03-3263-1637（販売）
　　　　03-3263-1623（編集）
FAX　03-3263-1659
印刷・製本　シナノ印刷 株式会社

ISBN978-4-87586-333-5　C0095